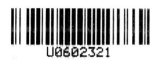

…海何去／

物写，拿起筆来，

我们的前来，那里陵的

相处的機會，可是十我人忍

老亚光远东境遇很像，

了于相助他们的夫别能弄在

晚—我草不知忘样

我们的院学

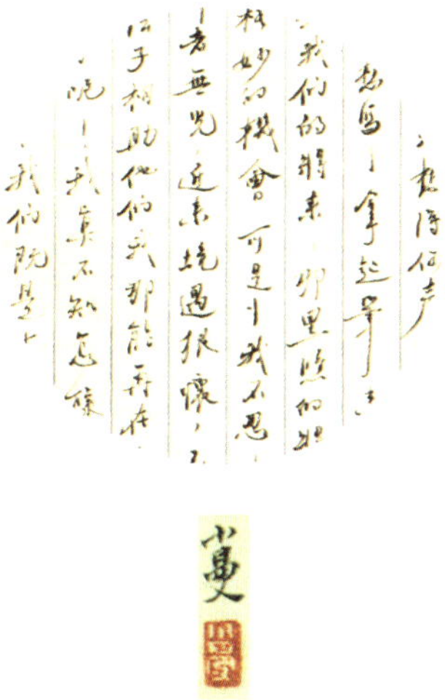

陆小曼未刊日记墨迹

虞坤林 编

山西出版集团
三晋出版社

五岁时的陆小曼

十八岁时的陆小曼

少女时代的陆小曼

写信时的思考

陆小曼在书房

陆小曼与徐志摩合影

陆小曼与徐志摩在杭州

红军不怕远征难，
万水千山只等闲。
五岭逶迤腾细浪，
乌蒙磅礴走泥丸。
金沙水拍云崖暖，
大渡桥横铁索寒。
更喜岷山千里雪，
三军过后尽开颜。

曼

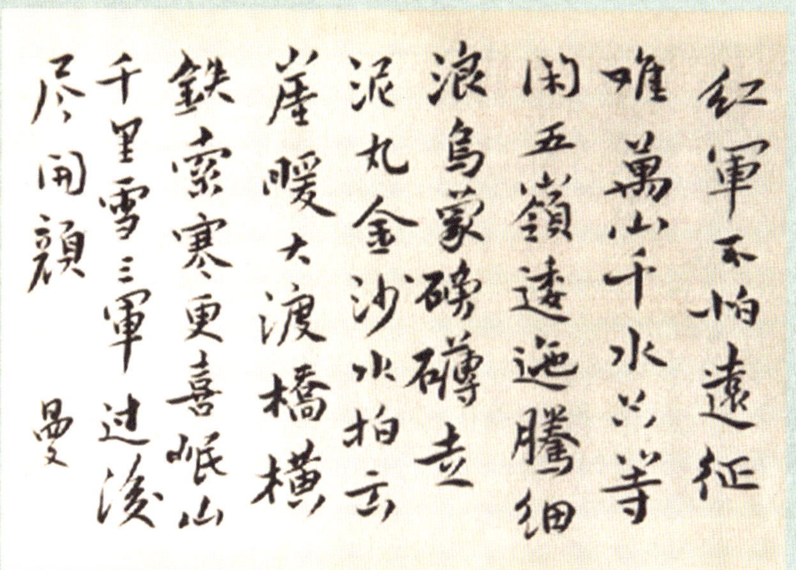

陆小曼录毛泽东诗词手迹

陆小曼所作花鸟小品

陆小曼未刊日记墨迹

目录

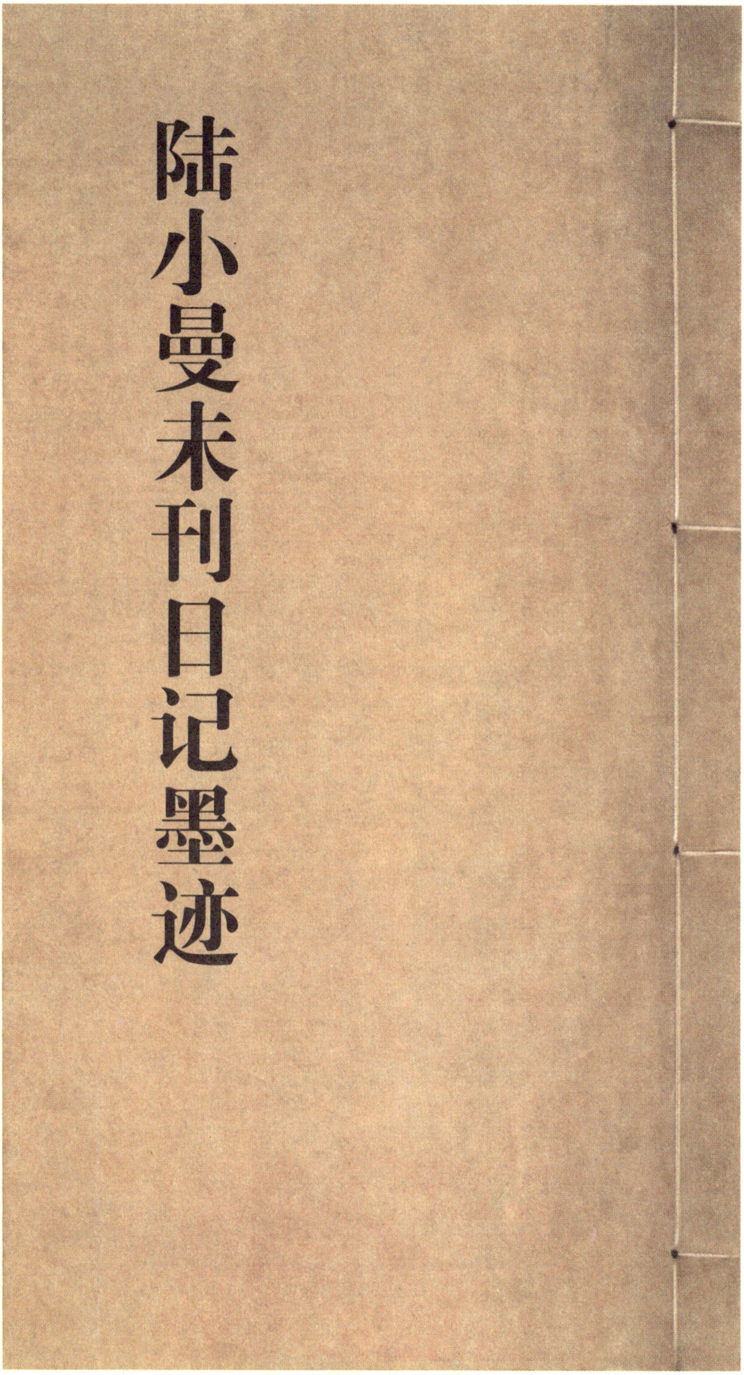
陆小曼未刊日记墨迹

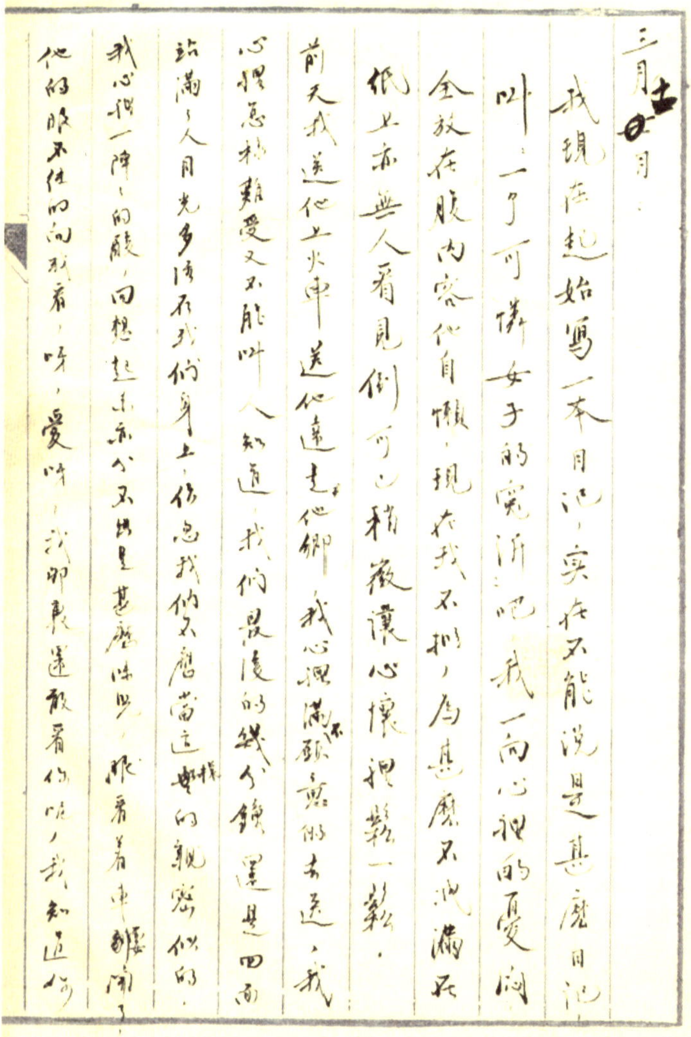
三月十一日
我現在起始寫一本日記，實在不能說是甚麼日記，叫它一個可憐女子的冤訴吧。我一向心裡的憂悶全放在腹內，任它自爛，現在我不能，為甚麼不把滿在紙上亦無人看見，倒可以稍微讓心懷鬆一鬆。
前天我送他上火車，送他遠走他鄉，我心裡滿不願意的去送，我心裡急極，難受又不能叫人知道，我們最後的幾分鐘還是四面站滿了人，目光多注在我們身上，你想我們怎麼當這樣的親密似的。我心裡一陣陣的酸，回想起來亦不知是甚麼味兒，眼看著車離開了，他的眼不住的向我看，呀，愛呀，我那最後敢看你呀，我知道你眼睛裏亦一定滿着無限的眼淚，難道你會真願意捐棄你的愛而走他方麼？這種無可奈何的事情偏偏來的多，淚中帶着許多的日子，話我全明白，我祇不敢看他，我總怕在這許多人前減滿了我的神聖的愛。他，他還要來握我的手，唉，真好像一把刀在那裏切我的心，我頭亦不敢點，一直到車動了，他話在車邊用手送吻給我們（給我一個人就知道的）我總看一看就把頭藏在曼儂胸前了，並不是我十分怕那些個來人，不過借此盡去來掩要哭出來的樣子，車子甚麼時候走完的我亦不知道。回頭就走。在車裏他還說你的眼睛為甚麼紅紅的？哭甚麼？唉！她們知我，難道

還要我心來恨我，我倒索性怪他因為他是本來是木頭人，懂甚麼叫情味、詩，意趣，他是根，無情的火車虎虎的帶了他去了，我的愛！我現在才知道離別的苦趣呢，你去了到不要緊我的心，就不過了我這孤單的心去向誰要那溫存的安慰呀，我祇能冷淡的等着吧，唉，天呀我等，等到幾時呀？亦許我等不到我的那一天便怎樣呢！好危險呀，我得去撞，打，衝去那一切可惡的東西、我回家後收拾了一下他給我的東西，他的日記同他心愛人的信，我亦看了一遍，日記我沒有敢看，想怕沒有什樣的膽量，可惜這樣一個他向真實的愛呀——他生：

壁了回來，看得好不生氣，難道他亦因為女人的苦麼？許多女人老說男人怎樣的看不起她們，她們亦不想：自己有令人看得起的地方沒有，我說不然女人亦有懷的，有種男人可以拿她們代婊玩的，有一種像他們難道亦叫人看不起麼？那她還不如拿了鏡子先照一照自己的臉吧。他還說他不敢侮犯她，她是個神女他，我們真不用演這件事了吧，我說起就發抖、

昨天一日在廣濟寺伴和尚們念經，家裡在那裡做佛事了，我這幾天的心裡是難受到無可再可的地步了，再到劇裡去耳邊一陣一陣的亂吵，來的僧唱，裡去

哦、哈哈，好不凄惨，我老眼淚住住的同人家說話，娘有問我為甚麼難受，我祇能說說心裡不高興，她是明向我的，兩眼向我看看，一言不發。到晚剛表殿裡和尚麼那那裏放焰口，庭前石欄杆上銀月照得雪白，祇見樹枝映在地下，搖搖擺擺，我同心裡一般的搖想慕，裡邊出來的叫魂聲同月光慘慘的顏色，使得我忘卻身上的寒冷，獨坐石欄杆上發楞，我那時心裡真空，想想甚麼事多無趣於此，做了人本來已經無味極的，又要遇着我這等的境遇，我既不能同我的戀愛同享那理想的快樂，过我一直回想的日子，我又為甚麼

不抛棄這萬惡的社會去過那和尚一般的生活呢?!
我心裡覺得空極了,到亦沒有十分的苦楚,因為
隨便甚麽事看開些就不覺得有十分快活同
苦楚的,我楞楞的獨自背人坐在月下糊思亂
想被娘來叫醒了我,唉!見了她老人家我心
裡不由的甚麽全開了,她年已半百,身體又非
常的弱,不在這幾年內盡我點孝心還等何
時呢!我等着,耐着吧,
今天早晨他去天津了,我上了三點鐘的課,
先生給我許多功課,我覺得忙起來了,這兩天,

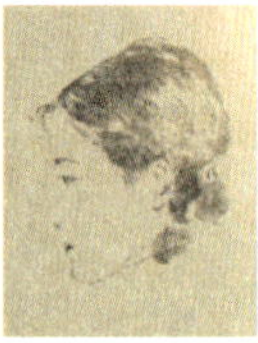

自從他走後，這世界好像又空了似的，我到東到西多覺得沒有意思，娘說：你有多大的心事，終日唉聲嘆氣的。她們又那裡知道我的心呢，我想他現在不知在何處，記算起來是在哈爾濱了：今天晚上我可舒服了，一個人，呼好難得的機會呀。昨天從廟裡回來人是乏極了，倒上床上心裡的隱痛同日間齊頭的，一起湧上來，我心裡叫著他，遠在幾千里路外的他，面上假意的笑對著近在咫尺的他，唉，我的天呀！再這樣的下去，怕我不長了吧，

十二

我真不起了，精神上，身体上，同時的受苦，又有誰能情我，愛我，明白我呢？！渊單今日來信，安慰我，我感激極了，她亦明白我了，今晚不寫了，明日課畢就給他寫信。

今天是忙的忙了一天，早晨做了一篇法文，出去買了畫具，飯後陳先生來教了半天，說我進步一定快，方才給他寫了封信，情長紙短，寫了九張亦沒有寫完。唐三伯母送來糖果等，文伯約我到宋媽家去，我已回復，她代多謝世氣，可是我亦以為不講這許多了，曼信亦叫我去，我亦回了。

飯後看了幾張他的日記，又難受了一回，他拿她二人的照像放在一起，我真不要看，說出來多可笑，可嘆我本身本是個最高傲的人，偏偏遇着這等環境，有話亦不能吐，有冤亦無處訴，我自從覺悟我沒有得到我理想的期望，只是心裡難受臉上從不願意叫人看出，處處自己強自瞞着，裝出快活的樣子，忍忍忍忍到無可如何的田地上，次發生的事情亦是我一時性急，要想離開苦，不知事未成到叫社會人誤解了我的意思可嘆的很，我真愈想愈無生意，我這兩天灰心極了，

在他身上而不能想有多大的希望，他的心裡的真愛多給了他了，我愈想我愈不當亦破入他那真情破個闕，他果然失意可是他的情仍未死，我為甚麼去擾亂他們，為了她成就了他的人才，造就了一個中國的名人，亦許我未破壞他們，愛！不！不！我可不，我寧死不能害他，那天酒後滿想吐出真情同他遠走他鄉，可是他的前程，他的名譽驚醒我的妄想的夢，提醒了我的癡夢，我忍害他麼？我這一世已經招了不少不白之冤，我難道還帶着他麼？不，回想我所經過的事情，將來寫本小說，

洗一洗我的冤氣，不怕，我一定做，就是他不許我不許發表出來，我心裡的話我多敢寫上去麽？試試再說。

十四

昨天忙了一天，早起就叫娘來趕了去，說要到鬧沈去，可是很久未去成，吃了飯回家同你寫了一回信，剛來了，想不到一直談到晚上十二點鐘她才走，實是大家趣相恨見得晚。

十五

可恨昨天才寫了，同光知從天津回來了，一天忙得沒有功夫，夢綠，適之，慰慈，多來此，七點多鐘才走，下午我又畫了一會兒畫，以為他昨天不回來的，預備着晚上好好的寫一

写的，心头无限怨闷，想满满出来，那种难过达到了极会郁难闷。前儿晚上同湘华谈过天后，真叫我说不出的一种味儿关在心里，他这种地方，无从说起，总之会过下去念深深我们前途茫茫：我此身正比在江心，四面无边的，我那种苦楚亦说不出来，他呢！他真爱我，顾的，尊敬我，唐的，我老怕人不敬重我，那是最使我伤心的，湘华说，当初你们多看不起我的，唉，若是他曾经没有看得起我，现在我何必要他爱我呢，我真生气，况且他亦不受过她（菲）的，人家多不受，除掉，我的心是最难受过的，我难想可是我偏可怜他，因为她们多不肯做，男人固然是

多半無情的，那些厭喜無常的男子同當玩物似的，可是有的人（像他）還得受像他們的人的冷眼，那豈不是太冤，的多麼！那天湖畔走後我倒床就哭，自己亦不知是甚麼原因，我想他是大半——為甚麼這一個礼拜过得這樣慢呀！要這樣的過下去，等得到那時間麼？心給娘的那封信，看得我肝腸俱斷，他那片誠心，不怕連日車上邊的勞倦，深夜的還提着那封信，不是他愛我是甚麼？我知道他不定怎樣的難受呢，可憐給我的信又不便多讓，實在到又要緊的，今天早起想到他有信來，因為晚間得一夢，夢他來信了，可被娘看見，我一嚇就醒了，我但等這一天睡到晚，在我的梦乡里，我多快活呀，他老在我身旁抱着我，吻我，给我许多的梅花之香之红之娇，使我醉了就哭，可是哭又有甚么用呢？他，他还是远远的，一直待来那时才算，我们还是两个人，有法子没有机会是一个人那时。间真恨不能飞，飞到天空无人的地方去，我好才会他的信，心裡一陣陣的淚滾上來，难受极了，唉，我早知道他一定要觉得冷清的，孤孤单单一个人在外头，亦没有人管，如何，他最不留心是冷热，过北又在车上招凉了，我真放心不下，不知道有甚么法子可以使得他自己当心点，他近日常常不舒服，我知道他心裡不快活，所以身上亦觉得不爽。

我真恨，我不敢在人前十分當心他，不是旁人又說閒話麽？

今天是礼拜，我有了應酬，非去不可的，看又去娘就有氣。

真沒有辦法。他現在出去吃飯了，怕他不久就要回來，連

了寫信的機會都少，真可氣。明天早晨須上學，功課還

不會呢，她叫我背很常的文法，苦死了。我心亂，念念書

又想到他，他的臉常常跳跑到我的書上來的，真奇怪。

又時還一陣陣的傷心，直想哭。她們後邊的人又出來同我講了

一大多話，拿我的寸金光陰又耗費了，再等一忽兒他又

要回來了。我的心沒有機會來靜靜的寫。我真恨死了。

恨不能立刻就死，甚麽事情我看着都不入眼，想他

亦白想。唉，我的哥哥！你快不要太想家吧，我希望你快外頭不要過愈難受，我亦覺得的。洲華說，凡為夫妻的沒有一個有真情的，要是愛，不如亂亂的作個精神的愛，一但成為夫妻，往往愛的多要反為怨的。我想這話倒不錯，不過這種話在小姐可以說，可以做，要既出嫁的人那就愈難辦了，她不愛她的丈夫還得天天愛他的。那豈不是太苦了麼！可是什種話對她們小姐是不便說的，她們亦未必懂。我曾記得從前亦有人同我說過，我則一点亦不懂夫妻的関係。唉，作一個人是不是太苦了麼。唉，我簡直不能想，想起了更直要哭，我又不敢，怕人說我無故啼哭，天呀，我真

十七

希望她們多能知道我的心，

我今天寫了，恐怕明天又無機會來寫了。明天我卻忙，早晨須讀書，完後陪娘到醫院，要到三點回家之後去娘〻家，她說我不去，我非去看她一次，晚上還那法國請客。真是說不出的苦，事情卻是我自不願意而必須做的、

你瞧，一下兒就連着三天沒有得機會來寫，十六那一天本來答應妹〻去她家的，因為唐三太〻的生日不能不去的那天，攔着寶媽，她說了許多話我聽氣極了，她說：我聽說徐志摩愛你，趁了他走的時間還給你留下二千塊錢叫你念書呢，是麼〻說的時候還帶着

似笑非笑極薄人的樣子，我當然臉上沒有露出氣的樣子，可是心裡真是又痛又氣，我就說：你不要瞎聽人家造謠言，他為甚麼要留錢給我呢？你亦不必瞎操心。唉，外頭人的嘴可危險極了，難道他對人說過麼？唉，吾愛，我悔不該問你借那二百塊錢的，要說呢亦不要緊，可是我心裡難受極了。她們現在因恨我而罵我，不知道她們說到何等田地呢，我亦管不了這許多，不過我不願人家亦拿他們說在裡頭，害他做甚麼呢？我一個人受罪我倒不怕，我處處總為他著想，我又愛他我又恨他，恨他們為甚麼不早來，我們為

甚麼不早遇，既然不幸在這時機相遇為甚麼又踏入那千年解不開的網裡去，可是早四年他那裡會來愛我？，不是我做夢麼？，我又那兒有她那樣饒的媚人呀？我從前不過是個鄉下孩子罷了，那兒就能動了他的心呢？！請把我之來說些這，有甚麼意思呀！這幾天受慶不出門，所以我簡直沒有時候寫東西，看見他我就心煩，甚麼事多不想做了，昨天又在新月社請了廿幾個美國鬼子吃午飯，我真煩死了，我最恨的是同外國人吃飯，下午還要請保，慰慈，漢君，通伯，都來吃飯，因為中上午多了一桌菜，所以要

的忙了一天，到了晚上人散後我，只得躺下了，連日身体
疲乏，又极力的應酬人家，正有点吃不住了，满身骨頭，
痛了一个礼拜還不見好，不知是何道理，愛，慶還是因
你的不能体諒我，我負恨呀，受了他的所欲，他還以
笑臉相待，不然見了他那冷霜似的臉，心裡好似刀刺，
一種是說不出的罪，一種是一天到晚的，前之時說我，又推
頭開眼的，他去了，說他做甚呢，這次已經大前情了，圖我
的你我來，有四天了，不說罷，
洲要明天請我吃飯，有適之，新月，通伯等，在如家
今天是畢度去開會去了，我坊後娘那裡回來，亦今

天没有上学，因我听说又到北京了，我倒有点不敢独出去，倘若遇见他，他倒又来强我前去说话——妨着完他从海外寄来的一首诗，唉，我难受极了，他，他一个人冷冷清清的在我的天边，他都苦呀，一定比我还难受。我可以拿笔就说出我怎样的想他，他那信里隐隐约约的话语都有意思，我虽是渴想他能明明白白写出他那片对我的诚意，可是我不敢叫他写，现在侵在家，若是不幸叫他见了，岂不是不好么？我还是忍耐着吧。

他愈走愈远了，昨天我不留神说一嘴：嗳，这世界为何这样怎样的烦呀、闷闷，他们多笑起来了，我亦知道他们不好意思說我，可是心裡都明白，被他們笑得我臉紅耳熱，愈怯的難受，本來就不愛用，這一來真够一點哭出來，我這種動不動的樣子真怕他們說閒話，希望他們不要常來吵，晚，他在車上不知冷不冷，真不巧這幾天格外的寒，仍是冬天，邊界那方一定很涼，我想起他的皮袍子又薄，大衣亦短，腳腿上一定要受冷的，走的時間沒有見他戴手套不知買了沒有，他這一趟一定吃苦不少，我愈想愈不放心，真奇怪我從沒這樣想人家過，真可笑，我不能推，

這三天我一心一意想記日記，可是老沒有機會，真

二十日

難受，那坐立不安的樣子又出來了，亦沒有做甚麼東西，不過做了些法文的文，還背了幾首法文詩，别的多沒有做，對於，還畫了幾張畫呢，同湖華寫了些封長信，我有些納悶，他愛她麼？我想他亦許愛她，我很不要立刻拉他來問個明白才心死呢，我真想他，唉又寫遠了吶，給他寫信去吶。

那天才同他寫完一封信翻出來了，說了半天，他倒是很好的一个朋友，他說他那天在車站看見我的臉嚇他一大跳，蒼白白的好像死人臉，我那天怎能好看呢！他還說女師范等多知道我要同受慶離婚的事情，還好多數人都原

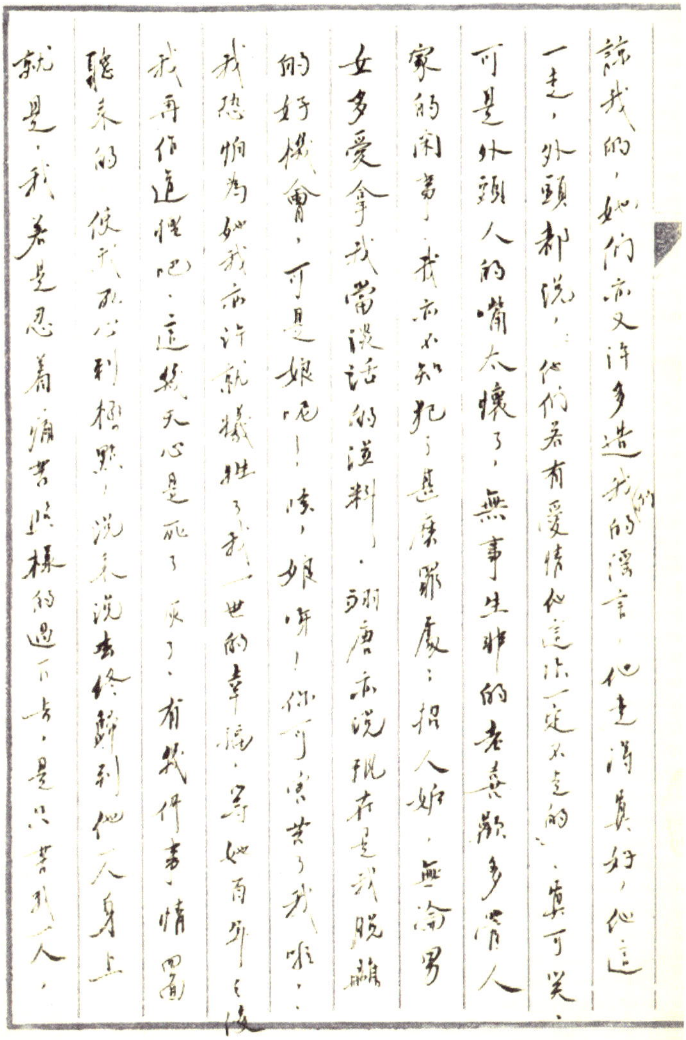

說我的，她們亦又許多造我們的謠言，他走得真好，他這一走，外頭都說，他們若有愛情他這次一定不走的，真可笑，可是外頭人的嘴太壞了，無事生非的老喜歡多管人家的閒事，我亦不知犯了甚麼罪處，招人妒，無論男女多愛拿我當說話的資料。翊唐亦說現在是我脫離的好機會，可是娘呢！唉，娘呀！你可害苦了我啦！我恐怕為她我亦許就犧牲了我一世的幸福，等她百年之後我再作道理吧，這然天心是死了灰了，有幾件事情留聽來的 使我灰心到極點，說來說去終歸到他一人身上就是，我老是忍着痛苦這樣的過下去，是只苦我一人，

娘可以安心，亦許經狀信，受慶隨便，社會不罵，親友不笑，我的憂向外人本不知道的，可原諒那幾個人亦不足以去抵抗那一般人，我若是驚天動地的來一下子，那我本人是不大說幸福樣了，可是父母就要因此而許傷身，或是不認我，親友冷笑，指杜會的白眼，還要說我倒不敗壞作風。思前想後，我怎樣的好呢！！先文說了。

謝庚走後我就去接了妹妹同去謝華家，吃飯的時候才知是謝華的生日，是通伯〔〕的，可見他同她的友誼甚深，她為甚麼不告訴我們呢！回家時就海逆我的，他在路上就罵我，他說還要打我，因為我同外人說了他的閑話，我起先奇怪極了，我同他說：我在外邊不講任何的閒話的，我亦很少說起你們家的，我那兒就想起來他呼，在車上報得着這的亦說不清，到了門口他進不出了一息兒，我說是甚麼呢，原來是為了給莘打電報的事情，亦是我的不是，那天同淵華談天，我們說的是他，我因為氣了他我就告訴了她打電報的事情，淵華那麼我不講給旁人聽的，那知道她同通伯說了，通伯又不知同誰說了，他們就問莘，他誠就講要命，來找着我挫，我後來講給他聽，我說：她那樣拿你們說是他們還想騙人麼，這和你們臉上並沒有多大益，說說出來亦好讓人家知道她是怎樣的人，到這時候還

要這樣的痛麼々，詳細說他倒不痛，他可憐你太々痛，他接信的時候他早就知道別人亦有的，所以他不電報問，誰知道你亦打了他並不驚奇，是在他意料中的，他知道你一定々為之你个人有的所以他才告訴你，他是希望你不要再迷下去，你同她的關係他都知道，並且太壞了，自從你們倆致給她的信一直到她臨走的時候，她全份都詳細看了，沒有一封沒有看見過。唉，何苦呢，我真氣極了，他要求我給他看她那封長信，我所以沒有答應他，我問他々你為要看那封信是甚麼用的，為你自己呢還是為他々？他說々為我們倆々，他還以為你迷住痛呢，想要救你出來，因為他知道她以你利害々，他亦要我看她給他的信，讓我知道知道她的美人、唉！我可憐的愛呀！人家都比你明白，都比你懂，你為甚麼什樣的癡呀！歆海臨走的時候說說：志摩有她、呀，這是甚麼意思啊！難我愛他麼！他今天還未呢，他告訴我都告訴我的，若是她真愛他那為甚我來夾在裏邊呢！本來他她從來沒有不愛她，我呀，我還不是個解悶玩兒麼！有甚麼真情呀，我真要去想了，我說人家癡，我才癡呢！

歆海走了，他才走，坐了好久，同我講了許多話，例來告他們之事他比你還利害呢，她給他的信我亦見了，簡直同給你的是完全兩種口氣，今天歆海看完信，他說說這

樣看起來志摩是沒有細々，他亦說起他聽見外頭的gossip，
那天我吃酒，他亦知道是為何，我是因為我很憂慮，他
倒沒有說甚麼，他說他愛你救你在同一个時候。我心裏恨
極了，怨極了，痛極了，我簡直說我是完了，我看前途的希
望是很有限的了。他的一班朋友都是敬他愛他的，我一定不
能讓他以後因我而失信於他們，我現在一點主意亦沒有了，
我的腦子亦快想空了，我且讓他歇歇吧，我來講些別的吧。
歆海講詩最有趣，他亦如同他一般的癡，如果真有這
樣好處的一个女孩人能叫人在同時敬愛，那真難極了，有
一種人生來很動人的又美又活潑，人人看見了能愛的，可是

很少能敬的。我的人的本性是最固执的，你，叫我生就一种小孩的脾气叫人爱而不敬，我真气极了。看着吧！我拼着我一辈子的幸福不要，我定要成个人材叫人又敬又爱才好呢。唉！我真想他能回来。我的生活习惯都是为他改的，他既爱我有天才，能发展出来，我又为甚不呢！我今晚不写了，吾怕爱咋，我怕有一天我将我的真情要藏起来，不让你知道，只让我一人受我的苦。好在我就备牺牲的，我决不是个自私自利的人。明天再说吧，我此刻要给刘第写信了

廿日

今早起来甚迟，因为人觉得不舒服，腹痛腰酸，真难

受梅了，昨晚菁思哥哥，看了半天的，亦是去不了我的思愁，後來不知怎樣一種冷清的影況使得我嚎啕大哭，連声叫着他，他又真在火車裡走着呢，那兒聽得見！！我肯難受，他知道麼？我真希望我以後能老是一个人睡覺，笑亦好，哭亦好，多有我的自由，每會我獨自睡的時候，我總有一種說不出的安逸，自然，那種愉快是說不出的，唉！天不知幾時才我摩伶成這樣清福呢！他今天有要回來了，我又得不安了，連我的睡夢都不能安穩，但當他不在家的時候，一点小小的声音就嚇醒了我，老是心驚肉寒怕，又說不出來，他亦算是一点亦看不出我灰心的樣子。

方才同娘去看病，在車裏談了一會兒話，她始終還是幫着受慶，她說他不瞧不諳，沒有甚麼壞處，不過皮氣不好而已。噯！他那裏明白我們少年人的心呀，以為有吃有穿，做女人的就該心足，她對她離婚的事情始終不贊成，今天還說起呢。真討厭，我沒有法子同她說話。會裡這幾天亦沒有去，有人說我們的會許多閑話，同晨報上說的是一路的話。歆海昨天說志摩對女人真好真誠心心，我希望不是對每個人都是這樣，他在外邊不知怎樣呢，我想今天所寫一封信，可是一定沒有功夫了。聽一聽受慶又要來了，因為今天是小拜六，我昨天才買回

布来，你看又没有機會做了。我真生氣，我自己的事情一点亦不能做，一天倒陪娘陪了四点鐘，晚上再要有人来找我商量一点時候都尋不出来做我的私事的，今天又有一家請客帖，我決意不去了。

我這一世亦不希望甚麽了，只要我能自立，社會上的人多敬愛我，那我就喜歡了，我的理想愛亦找着了，他愛我，就使不能得到名義的愛，就精神上的愛不是一樣麽？我都不愛想，還不知將来怎樣呢，亦許我做点驚天動地的事情出来亦說不定的，就是我膽小愛面子怕又少了，不如叫人家知道：：我倒底是怎樣一个人，唉，有的人罵得我

二十四

好苦呀！可是想穿了谁没有人骂呀！管他呢，我还我的，不去有人明白。我昨天穿了蓝布袍子出去买东西，好些人都笑我，偏又撞见曼环光，她亦笑我，她正在买许多五颜六色的花料子，见我穿的是白布，青布，她奇怪极了，她说：小曼亦穿这样的衣服，那铺子要没有买卖了，都可笑！我才不管呢，今晚曼娘她们要我去看戏（梅兰芳）我亦许不去，受庆回来我就去，不然我还要一人在家做他的衣服呢，要是去我亦穿青布袍子，他说好么？

你瞧！一下又过了三天，受庆在家他亦老不出门，真是急得我，坐亦不安，我不知道什么天是做了些甚么！

那天礼拜六曼佩他们去看戏我没有去，他回来了我觉安无味得很，又是梅兰芳演的两个箱，女人去看更不便我从今后在我的行动上得格外小心，闲话真可怕，礼拜那天可听天戏，巧极了，洲华姑姑等几位要看程艳秋叫我包箱，我包好了箱她们去没有功夫了，我只得同曼绿懿慈伯伯娘娘等去看，晓山慰慈在新明又有一个箱，我们就又去了，杨小楼的金钱豹，真很好，他若在这不定要喜极手舞足蹈呢！自他走后头一次看小楼的戏，坐在箱里，两两人觉得是那几个，可是我心上真少了点东西似的，虽然戏好看，可

是我心不在焉，我那心還是的跑出了我的心房，飛蕩到幾千里路外——真討厭，好好的娘忽然打電話叫我去看甚麼相面的先生，可巧沒有看見，送醫院回來就完了，法文功課　受儷來約去公園看楊參倩女士的畫，沒有見，收起來了，倒巧極了，描着走孫文開弔的日子，人山人海，熟人太多，我真膩煩，叫她回來她又不，我寧可莫不認得人，對我看，穿着新衣服還有甚麼好看呢，亦真奇怪，回來就唱，唱完適之又來了，他昨日在此談得有趣，今天又來了，談了許多他的結婚趣史，到十点去，他們真走的時候

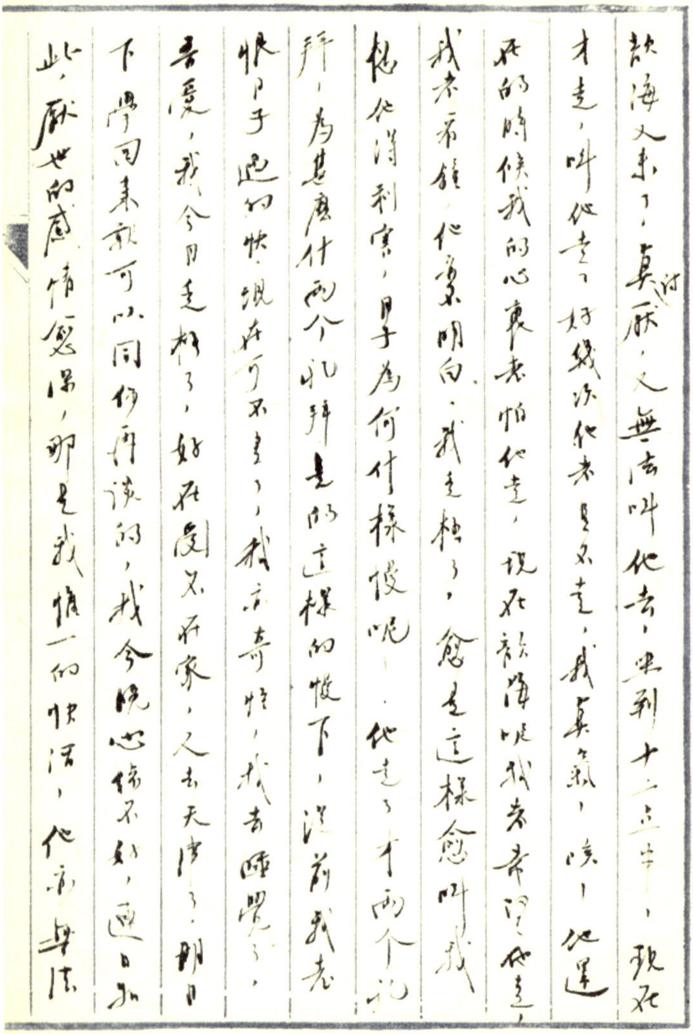

歆海又來了，真討厭，又無法叫他去，坐到十二點半，現在才走，叫他走了好幾次他都是不走，我真氣，唉！他還在的時候我的心裏老怕他走，現在說降呢我老希望他走，我老希能，他象明白，我是想了，愈是這樣愈叫我恨他得利害，日子為何什樣慢呢！他走了才兩個禮拜，為甚麼什兩個禮拜是的這樣的慢下，從前我老恨日子過的快，現在可不是了，我亦奇怪，我去睡覺了，音處，我今日是想了，好在處不在家，又去天津了，明日下學回來就可以同你再談的，我今晚心緒不好，還是和此，厭世的感情愈深，那是我惟一的快活，他亦無法

十五

救我，我願因愛你而害你，我心裏真有說不出的苦惱、再說吧，我去做夢去了，哥哥！愛……

又是到家裏去受了好些氣來，氣得我當時頭暈腦漲，差一點一口氣回不過來，糊塗的伯伯他自己一點都不懂，還來罵我，罵得有理我一定不怨，只是他半知不解的聽了那些無知識的人來說我，要是那時候適之，或是他，在旁聽見了一定要好笑的，他不許我看愛情小說，他說愛情小說裏多是講些眉來眼去摸樣子的法子，所以看得你老覺得不稱心，終日[illegible]愁眉不展的跟著陪我，還有你同志摩從前在戲院看戲的時

候大人相看着眼光裡常帶無限深情的樣子，叫人說閒話，這就叫撒嬌子、，我真氣極了，我自己的父親說這種話，太看輕我了，連他都不明白，我回到家裡細細的一想，我這前途真是黑暗極了，一點希望都沒有，我若要再提議離婚的事情，連那我決定不再嫁他們一定不許，還要想我是個無恥的女子，一波未平又起一波，他們又怎能知道裡頭的實情呢！況且他一他是我們中國將來的大文學家，我豈能害他的名譽呢，可是我亦不願老受這樣的活罪，思前想後我真不知怎樣才是，終覺得活着沒有意思，一

天天的下去，事情亦做不出，每天倒要假笑着去酬应人家，谈，我好才歇着的时候，心一阵阵的发，他们几时才能回来呢，算来（心急了）可只有十几天，还须五个半月烦死我，我亦要写了，写也写不出甚么来，还给他写信咱。

那几天为许海说他同她的事情闹得我神魂颠倒，我非常的难受，亦许是为此我厌世的心愈浓了，他曾爱她到十分，对同旁人谈到他的事情，人家多羡慕的爱情是从没有见过的，将来他倒许不要，因为他一定不再爱旁了，就是我未必再有那样的情，

那第二个人才倒楣呢！他们都说的我心存不住了。我亦知道，我有时候何尝不怎样想！我亦明知道他的爱我是两样的，在他心里寂寞，失意的时候，正如打了败仗的兵，無斷歸隊，正拾着了一个安慰心的，一时间〃心亦好，将来他那边若一有希望，他不难坐着飛船去赶才怪呢！到那時间，我，我一个人不亦得过下去么？我不是酸吾爱，我实在是難受，说不出来的，现在正是夜深的时候，四面一点声音亦没有，好象是劝我写出我的心血来似的，这样安静的就是我難得的，可是在这个时候我的心又不要说话，老爱想，我前日不

二十六

知怎樣才好，他若是能在我身旁，讓我將我的頭輕擱著他那潤的肩膀，嗅著髮上的濃香叫他，同他給他看我的心，我的真心，唉，他在那裡呀！我的愛！嘎，我又來胡鬧了

昨天睡到床上朦上被就哭，我想他，我真想他，我就是叫他亦是聽不見的，哭了！亦許我這裡哭出來的聲音能達到他的心房，那時候他的心總會不知不覺的活躍的，我的叫他的名字，他一定會答應的，睡得太晚早晨一早就娘叫起來到親戚人家出送殯，我真不愛去們，看見那種悽慘的樣子我心很難

二十九

那天正写着慰慈来了，打断了诗意，不久受庆又回来了，一直到今天亦没有机会，前天下午给他去了封信，写得乱七八糟，怕他不能要笑我的，可我亦不怕。

这几日心绪坏极了！一天到晚没有一刻闲的时候，受庆在家时候多，他回来已有两天，这两天我天天受罪……苦极了，我想这样的事情无法可躲的，我身上受个什么的甚怕甚么呢！我的本见我又不能心上，遂我身受了，这几天甚么亦没有做，他亦不出门，我心里又十分的消极起来，只不如从前的想往外跑了，昨天张道宏一定生气了，他们要请我北京饭店，我是一定的一再去，他如要

说我的闲话了。我的心伤总是散的，乱极了，当面有点不
去！他的脸不住的往来在我眼前！还有六个月呢！怎
能过呢！到他回来的时候免得我甚么也没有做成
身体倒成了半死半活的，说也可叹我这一世只有二十
二岁可是还没有快活过一天呢！前天受庆说他的
小儿子死了，我听了一吓！真可怜！我并没有甚么难
过，我意这样的种子活着也没有多大的意思，不过
他的父母心里必是痛到十分，我只希望他不心痛就
是了。今天我起很难，实在是起不来，背上的天柱骨
痛了半个多月了，还不好，倒是最讨厌的事情，写字

十六背

都不像當，身子太壞了，我亦聽天由命罷，受
人欺負慣了，我心一點亦寫不出意處，恐亦不久怕，又寫
了他一走寄信我的
噯！我的日記呀！我們十幾天沒有談天了，心裡話多得
無從說起，現在的那些日子我一點機會亦沒，又因心裡
不知道怕甚麼事，情都懶得去做，便不愛同我的愛說
話，本想寫他走後，詳詳細細的多寫點的，那知道他一走我
就病倒了，四肢發軟又抖，坐都不起，手連吃飯的筷子
都拿不動，心跳天天，跳二三次時候又久，我本不想吃
藥的，我心裡那樣的悲痛憂恨，我還怕死麼？只

是這樣半死不活的下去實在是受不了，所以我情願進醫院去看看，意利說我心臟同神經都有病，說的十分利害，我回吃藥頭幾天還好，後來竟坐不起，病得很緊，娘着了急就說叫請中醫汪逢春看，他亦說是前因病得太奇怪，吃他的藥倒見效，吃了四劑，昔死了，現在居然好些手，還是抖，連字都寫不好。

那些日子亦是我自己不好，心裏一橫又忘了他的苦，心中一糊塗起來，搖搖頭又想將我自己消滅在娛樂的場中這樣不過二天自己就明白過來，罵了自己一頓，從此後再亦不那樣鬧了，一半亦是因為我沒有接到他們的信

我心裡往前想：我的將來似乎一点光線亦沒有，而天
沒一遍接着他四封，還我的心又壓後过来了。有一天寄
媽媽請客這是一星期前就說好了的，亦有娘，我不得不
去，就快病前去，那天我心裡念信的悲觀，坐在牌九桌傍
手沒有拿着牌，輸了一百大洋，還一直弄到三点半
回家倒在床上動亦動不了，你想這不是我自己尋的麼？
就那日起病又帶了些病，中睡在床上真悶，有兩天連
書都不能看，眼睛痛，說話吃力，又沒有知心人，一天到晚
只得閉上眼睛的想着他，從前他給我的一点一点快樂，
像電影似的映在我眼前，這我惟一的快活。病後晚上睡

不着，至少须是三四点，急得手足出汗，心里来回的想，我的将来是很黑暗的，他又什么的爱我，我还能害他么？我恐怕我的这世上有朋友，爱没有……名了，思前后没我还是自己硬一硬心的好，何必害他呢！况且一旦我了……总怕倒没有朋友的时候爱得利害，还要叫人家看不起，我当初的事情人家大多知道的，可没有晓得实情的，他们还竟许骂我表爱无常的女子呢，那岂不是连累了他么？唉！我心里真是有一种说不出的苦，连他都未必明白我，手又抖了，明天再写

情感是写不完的，愈写愈难受，手又没有力气。

五月七號

加字

病後就到大覺寺去養息了三天，昨天才回來，人到覺得好々些，誰是乎意料！說起來真倒霉，一病々了這些天，這病來的真奇怪，說經許多的話無從說起，我亦不說了，還得不好呢，早一点氣力些得有一天々的養，亦不見多大好，只是不能寫字，今晨因為穆你，有封要緊信來了一個多月不得不回，才寫了二張心又跳起來了，真氣得我要命。我的親愛的日記呀，我一個多月沒有同你談天，沒有一天又想寫，只怕病來的利害，想你亦不致見怪，今天接

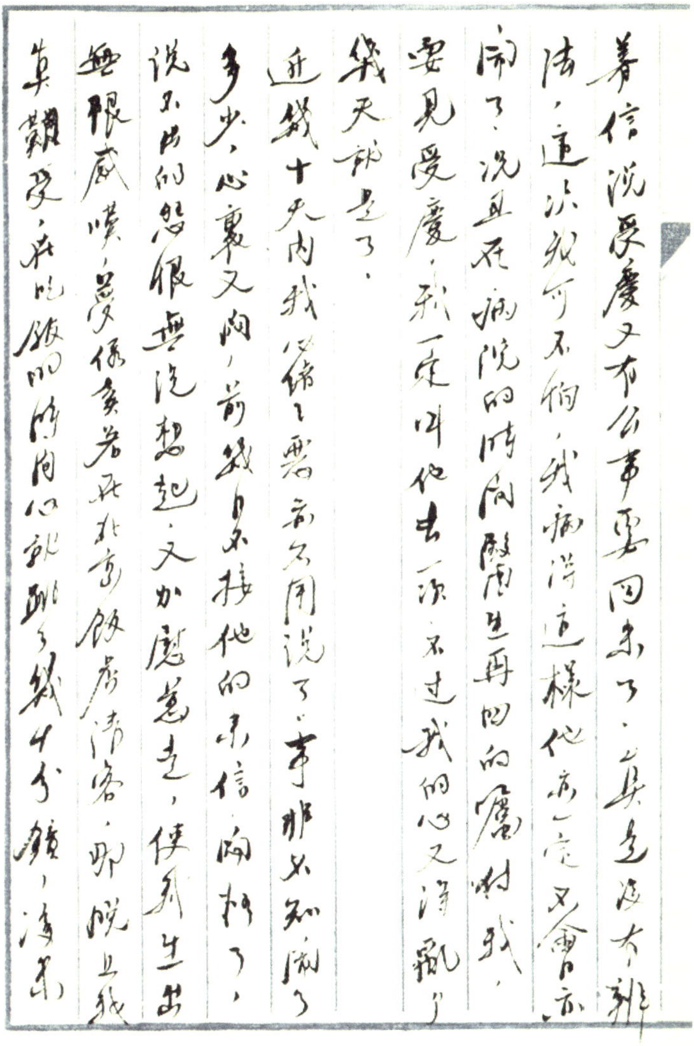

着信說要慶又有公事要回來了，真是沒有辦法，這次我可不怕，我病得這樣他亦一定不會再鬧了，說且在病院的時候醫生再四的囑咐我，要見受慶，我一定叫他去一次，不過我的心又得亂了幾天就是了，

近幾十天內我心緒之惡亦不用說了，事非不知瘦了多少，心裏又悶，前幾日未接他的來信，悶極了，說不出的怨恨，無意想起，又加憂慮起，使我生出無限感慨，曼保安若在北京飯店請客，那晚且我真難受，在吃飯的時間心就跳了幾十分鐘，濟來

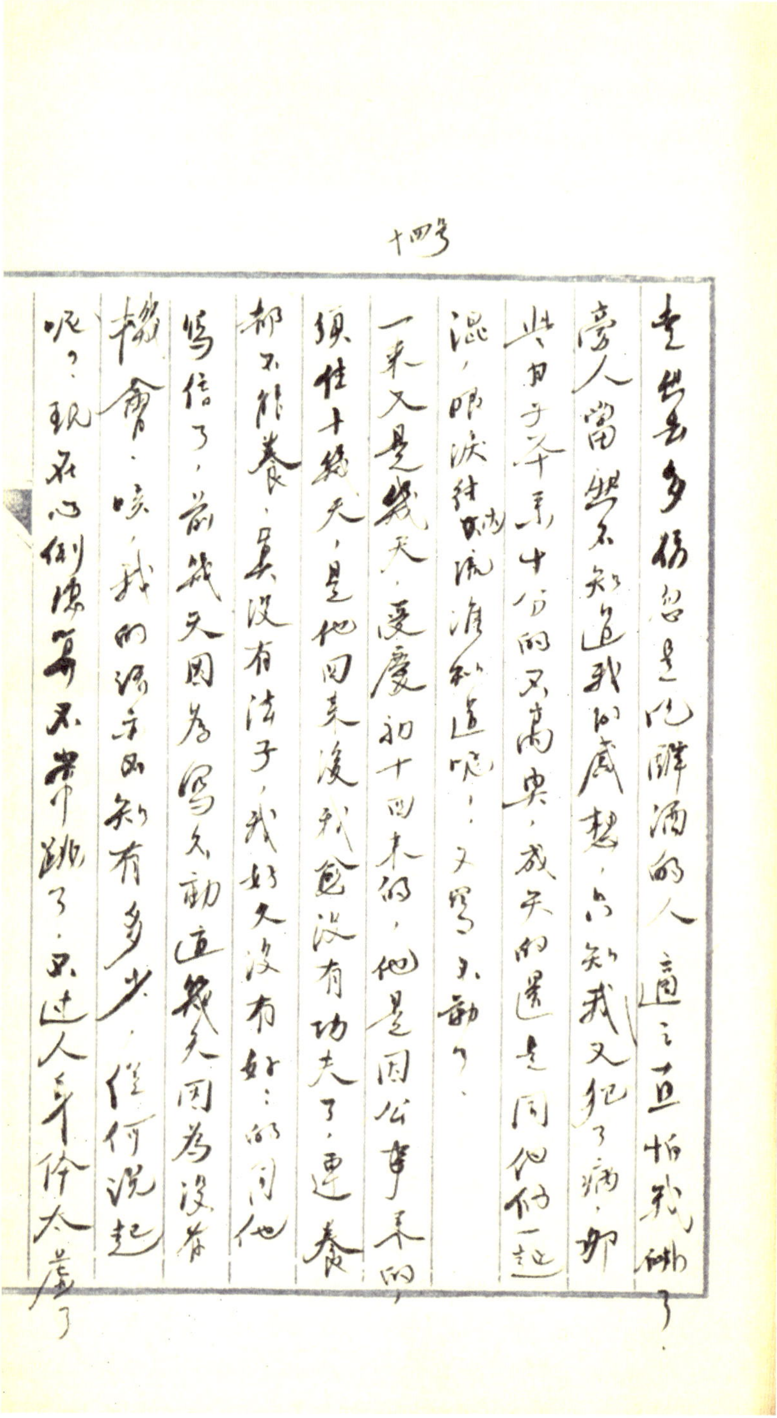

十四

真是多傷，總是吃醉酒的人，適之直指我說了。旁人當然不知道我的感想，只知我又犯了病，那些日子本來十分的又高興，我天天的還是同他們一起混，眼淚往肚裏流，誰知道呢！！又寫不動了。

一來又是幾天，受慶初十回來的，他是因公事來的，須住十幾天，是他回來後我就沒有功夫了，連養都不能養，真沒有法子，我好久沒有好好的同他寫信了，前幾天因為寫不動，這幾天因為沒有機會，唉，我的話不知有多少，從何說起呢？？現在心倒像再不常跳了，不過人身體太虛了不能多做事，每日必須中時睡覺，手足仍是無力，字寫不像，路走不快，你說奇不奇！！近一个月內事情出的真不少，感觸最可笑，夢綠伯總是同我絕交似的，實在我的心無愧，無論對不起誰的地方，我對慰慈亦未生因他的誤信才去信的挑撥離間，她倒說會起來，我也真生氣，可是我說倒罷，誰都來欺我，我那些天總在床上只是生氣，恨慰慈太無聊，總算夢綠真不知情，何必又要知道這種事了我生氣，再多講，更引起我的怨恨。在那裡說並未接到她的信，只是不停，好不耐煩，

我近以病中多蒙适之、歆海，他二人真好，使我真对不起他们，他们亦是真关切，歆海天天又陪伴，远道从清华回来，适之谢绝一切应酬亦来陪我，我真感谢他们，我心里有说不出的苦，他二人 both very much in love with me, especially 歆海，我真没有办法，我亦爱他们，只是两样的，我要爱的爱已经给了他了，我那里还有呢，我爱他们像爱我兄弟一般，并无他心。适之倒还好，他很明白，他亦不说出来，歆海太难了，并说，我可以爱他像哥哥似的，一世做个好妹妹，不过我怕他

很wild，你送不快回来，我的爱咪：我真多孤了，
他们天天来，我倒顶喜欢他们同时来的时候多，
不然我真不知道怎样的对付他们呢。许多有时候自
来，一坐就坐几个钟头不走，我得陪他三四次，他是法文
走的，可是我真怕。唉，想我们当初那有这样的
好机会，他也不敢多留。娘还同我说：你没有事
常来陪陪小曼，解闷生不说，很他用心，还是不懂女人书
似好，他自然喜欢极了。爱呀！你知道我不喜欢
爱新词的，可是他对我这样好，我真难说！
呀！我只恨为甚么人，爱我，就得说他顶会

廿二

见面她就要我的，因为你从没有机会接近我，他们人很可笑的，他对我讲了许多他从前的事情，并不怕我笑，最是他同萍，我倒很奇怪她是这样的，许我是死了，还不罢手，好的我一定给他写封，只是受庆那家不回答有机会

一转眼又过了一个星期，在这星期内我心跳了几次，不利害的心里不舒服极了，受庆没向来后来的过我病怎样，一切的像从前一样难闹，晚上只是不得安眠，这种生活要过一阵子倒真不是容易的事情，每天吃黄连，没有法子叫一旁人知道你

二十三　二十四

娘又不舒服，我一天只往她家跑，幸喜歆海四天没有来，因他每礼拜有四天在清华，还常常来，

我很喜欢他，真像个老先生

昨天写着写着，姊姊打电话来说她病了，要我去看她，并还有事情商量，我只得去了一次，回来又去医院，那病一时也不能好起来了

昨天又跳了一点钟，舞乃跳一百五十分跳，睡了半天心里真不高兴，谈话亦吃饭，他来的时候真是家中无人，

我真怕！他老问我志摩怎样，到没法我只得告诉他我爱他

我说：谢谢，我很感激你对我们情，

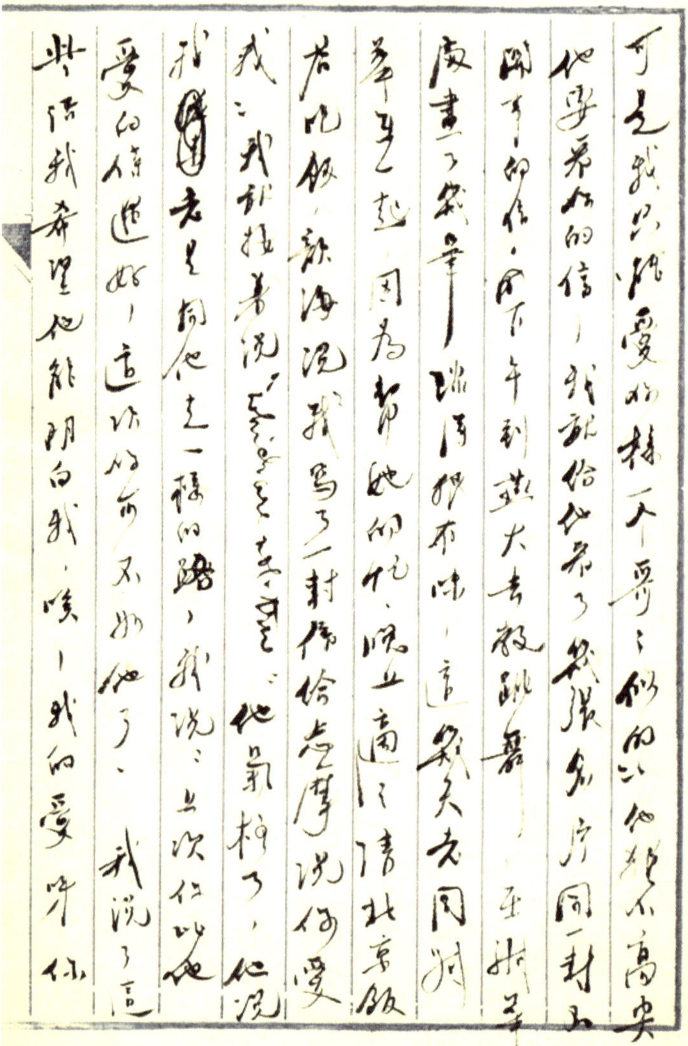
可是我只能愛好樣一人，哥哥，你的心他都不高興，
他要看你的信，我就給他看了我張紙同一封上
闊寫的信，我下午到熱大去教跳舞，王賡半
夜書了幾筆，瑞得很有味，這幾天老同摩
等車起，因為幫她的忙，晚上適之請北京飯
店吃飯，就海說我寫了一封信給老摩說何愛
我，我就指著說，怎麼這麼，他氣極了，他說
我總是同他走一樣的路，我說，上次你以他
愛的信送她，這次的可不必他了，我說了這
些話我希望他能明白我，唉，我的愛呀你

为何还不回来呢？前天接到你的电报，我心
真碎了，千不该万不该，总是我不该吧——希望
告诉他我的痛苦，他着急，他允许我跪了，
回来呢！好哥哥，我真想你，歆海同我俩的
烦极了，我又不敢说！一天天心里只是想你，同他
们谈天，老是谈你，我才高兴，他们一定明白，我有时
看着歆海怪可怜的，成天的长吁短叹，我想种
种法子给他作媒，他也是不愿意！摩呀 my only love
你快回来吧！你说的话很对，那些人坏极了，
我真怕，昨天在北京饭店，真着要同我跳

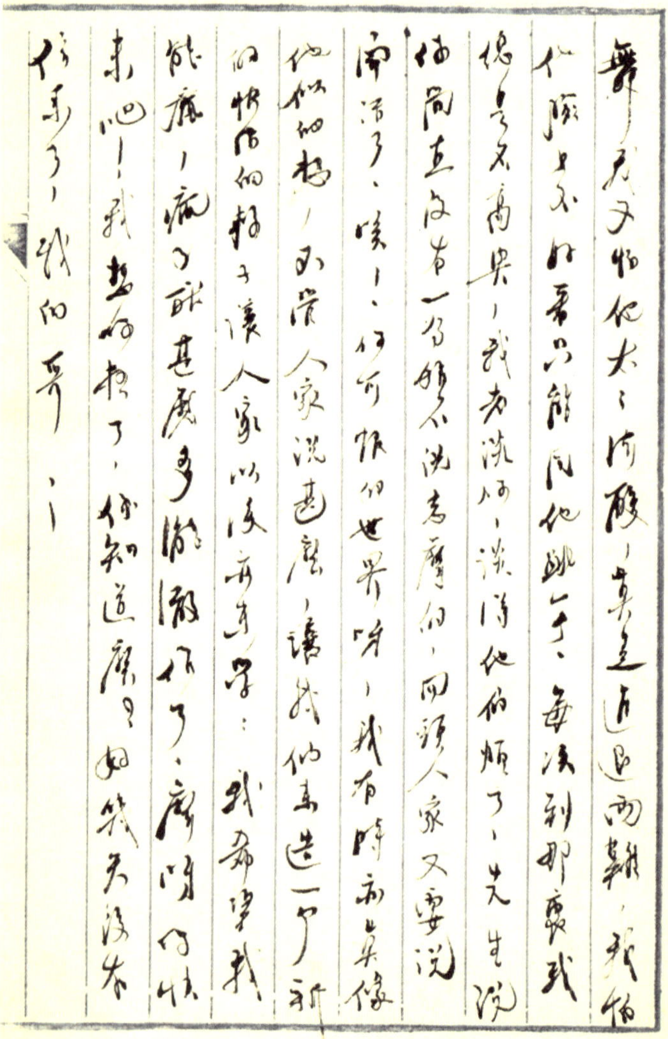

舞，我又怕他太太讨厌，真是进退两难，我怕他嫌我不好看，只能同他跳一次。每次到那里我总是不高兴，我每次说你，说得他烦了，先生说你简直没有一个朋友说怎么的，同时人家又要说闲话了。咳！你可怜我的世界呀，我有时真好像他们的想，不管人家说甚么，让我们来造一个新的快活的境子，让人家以后再来学：我希望我能病，病了就甚么多撒手了，病呵快来吧！我甚么都想了，你知道么？好几天没有信来了，我的哥，

二十五

昨天寫完了就睡熟了，他一夜沒有睡，打牌九輸了五百元，這孩子真不聽話，我叫他不要大賭他不聽我，我亦再不管閑事了。同去新月社吃飯，全體會員，從他走後這是我第二次去，影像大不同了。滿園樹亦青了，草長得那多，一個很好的談話所在，他若是在此多好呀！晚飯完後先生同我說海多來我家談了多時。先生家裏來電話，太太在電話中給他鬧，只得回去，真沒有意味，一個很有情感的人要了一個又醜又笨的太太，難怪他滿眼淚汪汪，我真是可憐他！可是我又何嘗不是同他

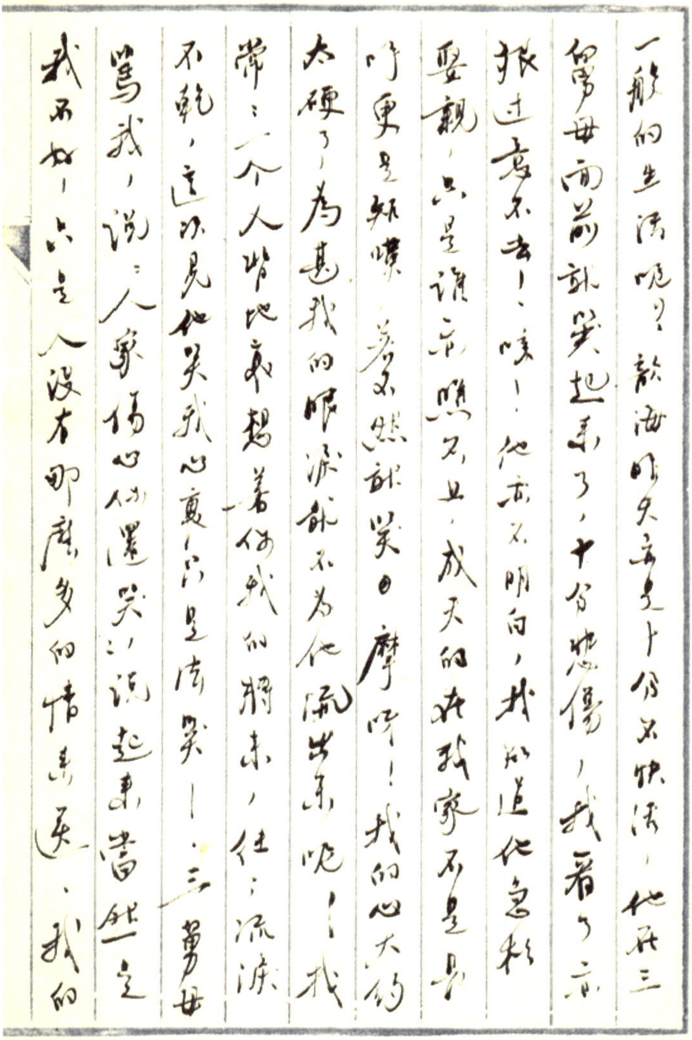

一般的生活呢？歆海昨天亦是十分不快活，他在三舅母面前就哭起来了，十分悲伤，我看了亦很过意不去！咳！他亦不明白，我知道他急于要亲，只是谁亦瞧不上，成天的在我家不是长吁更是短叹，虽然就哭。摩呀！我的心大约太硬了，为甚我的眼泪就不为他流出来呢！我常常一个人背地里想着你我的将来，往往流泪不干，这次见他哭我心里只是冷笑！三舅母骂我，说人家伤心你还笑，说起来当然是我不好，只是人没有那么多的情来还，我的

二十八

愛朝給你了，他來的太晚了，摩哈！這幾天我稍微的好些，每星期去德國醫院三次，上藥！我的喉嚨又糊的四天不能吃飯了！苦得我直想哭，事情又多！若應洲第一幫忙唱好戲的洋文天河配！今天在協和醫院禮堂rehearsal，我又得去！我的腳多得不過來了！那些學生可真笨，You compelled to be one of the actresses.

你說多麻煩。

為了那齣戲忙了好幾天，現在總算完了，那天在六國飯店唱的人真不少，可惜做得太自難推。一早晨沒

二九

有機會寫，飯後睡着看

昨天不知為何看完了那本書，覺得萬事多空神了，那書裏女人的境遇同我不錯不多，她的結果可是很慘的，她愛的人為她死去，留下她依着老父過那殘年。這幾天我本來心裏有種說不出的難受，前天接着他三封信，心裏稍微安了些，可是我愈知道他愛我的深，我心愈碎，唉！天呀！難道我今生不能如我的心願了麼？他叫我不要怕——我那能不怕呢？！我此次的事情鬧的多糟呀！目的沒有達到鬧得滿

城風雨，現在誰不知道這些，我若是再鬧一些，他人
不知其中實情的人不知要怎樣罵我呢！我若被
罵我倒不怕，我只怕連累了他！他是我國最有希
望的一個大文學家，我凡事，總能不三思而行呢，我愛他
我這樣的愛他，我須先顧着他的將來，唉，我怎能
不天天哭呢！我的心願同實際合不在一起的，我悔不
該起頭愛他的，愛願原是椿不幸的事情，有情人
終不成眷屬的，他們不是多抱恨到底了麼？還有多少
死在這一個字上的呢！我想若是別的多做不成，總沒有
帶我去死！我怕甚麼！這世不能聚頭，不會早些歸

去設法也許上帝可憐我們，遂了我們的心願亦未可知，唉，愛咪，昨天我想得何等傷心，我哭了一夜一個多鐘頭，我想寫，拿起筆來寫不成字，我只得獨坐回想我們的將來，那里瞧的將來！！我知道知現在是個極妙的機會，可是！我不忍！我又恐怕我父母，他們年老無兒，近來境遇很壞，不知如何過下去呢！我沒有法子相助他們，我那能再存這時候提議他們最反對的事呢！！我真不知怎樣好，我知他一定很急的，可是愛咪！！我們既是十分相愛，何必急急！！我只怕他誤會我，我恨不能讓他看看我的心，我

六月廿一

是个很有志氣的女孩子，最恨那些小人的，前天写著：叫娘来拉了我去客利飯店吃飯晚上去看電影，煩极了，這幾天只是不定心，受慶在的時候我甚麽事情亦不能作，心跳好些，有幾天不跳了，他今天早車走的，我決意不去南方，他鬧极了，我同他在一起实在一無快樂，我希望我个也能老是一人过日子，省得人家说閒話，我再亦不想糊塗了，被人家罵得亦夠了，若是再鬧真要沒有人看得起我，只是我心裏又十分愛他，叫我怎辦呢！我只想的幸福大蓋是無望的了，唉，既有今日何必當初，

我悔不该让你爱我的，可是我亦没有法子。像孩子似的，他這兩天只是哭，哭得我心裏亦怪難受的，他亦不说甚麽，成天对我哭，亦不管有誰在旁邊，你说我怎辦，他知道我爱你，現在他明白了，昨天他同说："he believes your love"。我正在看你的一本雜記，他说，"kiss it"，"well"，I did kiss it。他看了很難过他说："志摩並没有走，he is far away yet he is in this room to you", he said it very bitterly. admitted, "it is the truth" "I always feel that he is near me", he cried again. Oh! I don't know what to do, he is a good boy.

他並沒有懷意，他知道我愛你，他亦不敢怎樣，
我很可憐他，我又希望他早點的完婚，他去清華了，
近來很用功念書，不過他是個小孩子，他們情亦不會
長的，現在他一時發迷，過些日子亦就過去了，只是
你為何還不回來呢，愛，又有幾天不接你的書了，
路又遙遠，我恨不能飛去你那裏，想你的寂寞，現
在夜已深了，你在那裏，竟許睡著了吧，亦許在那
裏回來了，我叫芝生打的電報你接到沒有，
今天早起娘來談了半天，她說你，她怕你痴情的過
甚，我亦是痴情人，她生了極聰明的人，她自得到

你的信後她極明白你的人，她知道你愛我，她說等等他回來最好你勸他同他太太和好，或是快要不然你們二人到情不自竟的時候再鬧出事情來那你們大的名譽多不可收拾了！故處處留心點，她說了半天我心裏聽著真難受，沒有法子只得不響，待來再說、唉！他還說是我不十分的愛他才不肯立刻做，那我可冤死了，我知道我若不做他定說我不像他們的愛，我又拿何法來證我的愛呢！愛呀！我不求甚麼，我只求你能明白我，原諒我的苦衷！我總是好的人，你千萬

初三

不要急，等着，有志者事竟成，我这次必须
要三思而后行了，等他回来我面上一定比平常
愈加的冷淡，爱时候可不要怪我呵！我近日
不常出门，蒙侬那里好久没有去，戏亦没
有看，电影自从去后只去过一次，在家睡的时候多，
我从前是极不爱睡觉的人，现在最好睡觉，精神
懒极了，亦许还未复元，今天看了沙翁的好[illegible]状，
狠好，只是文字深一点，好要起来要用心，字还是
不写，等他回来我一点成绩亦没有，怎好！
昨天起来画完一幅画，到娘那里吃中饭，饭后同去

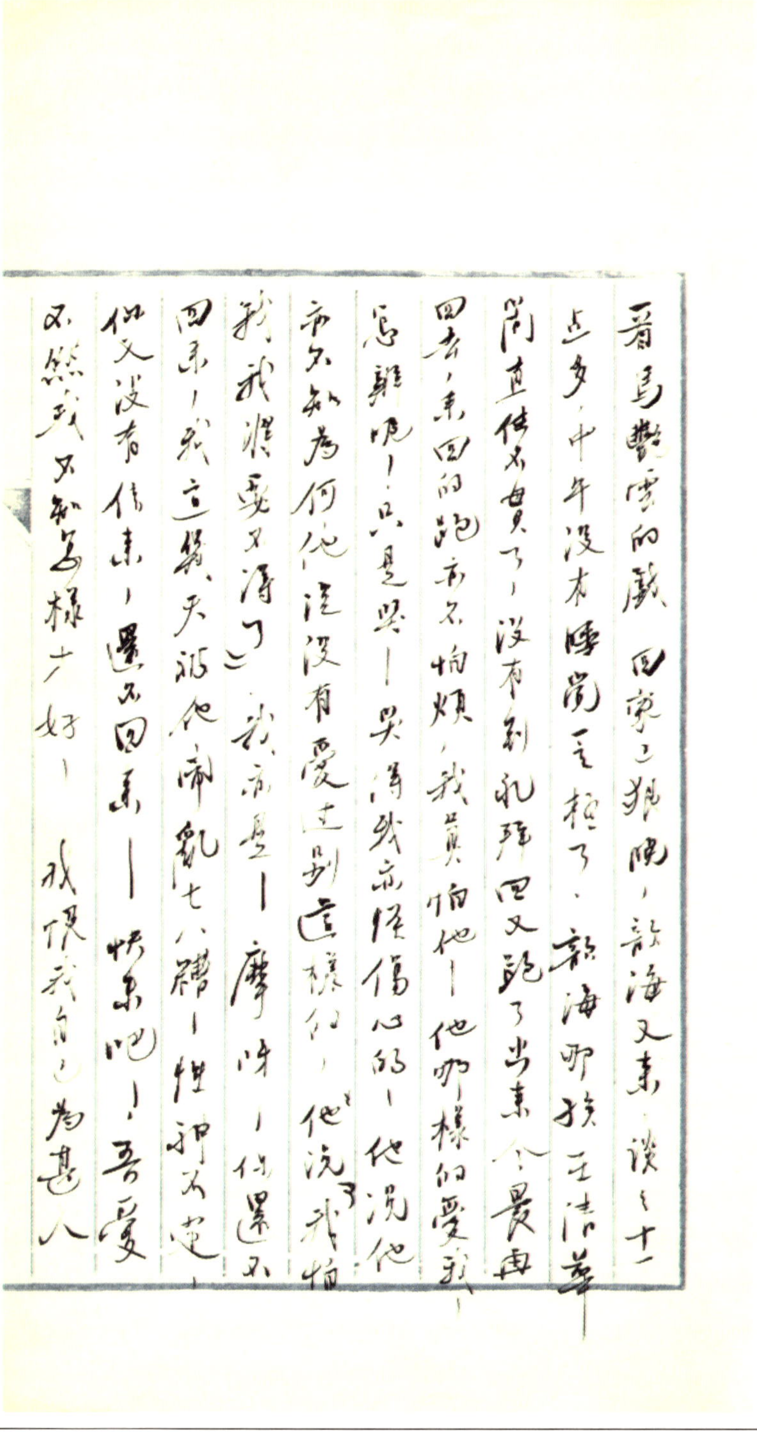

看马戏的戏，回家已狠晚，说海又来，谈谈十一
点多，中午没有睡觉，乏极了。说海那孩子清华
简直待不惯了，没有到礼拜回又跑了出来，最由
回去，来回的跑亦不怕烦，我真怕他！他那样的爱我！
怎办呢！只是哭！哭得我亦怪伤心的，他说他
亦不知为何他从没有爱过别这样的，他说了我怕
我我很爱又得了。我亦是！——摩呀，你还不
回来，我这几天被他闹乱七八糟，精神不定，
你又没有信来，还不回来！——快来吧！吾爱
不然我不知怎样才好！ 我恨我自己为甚么

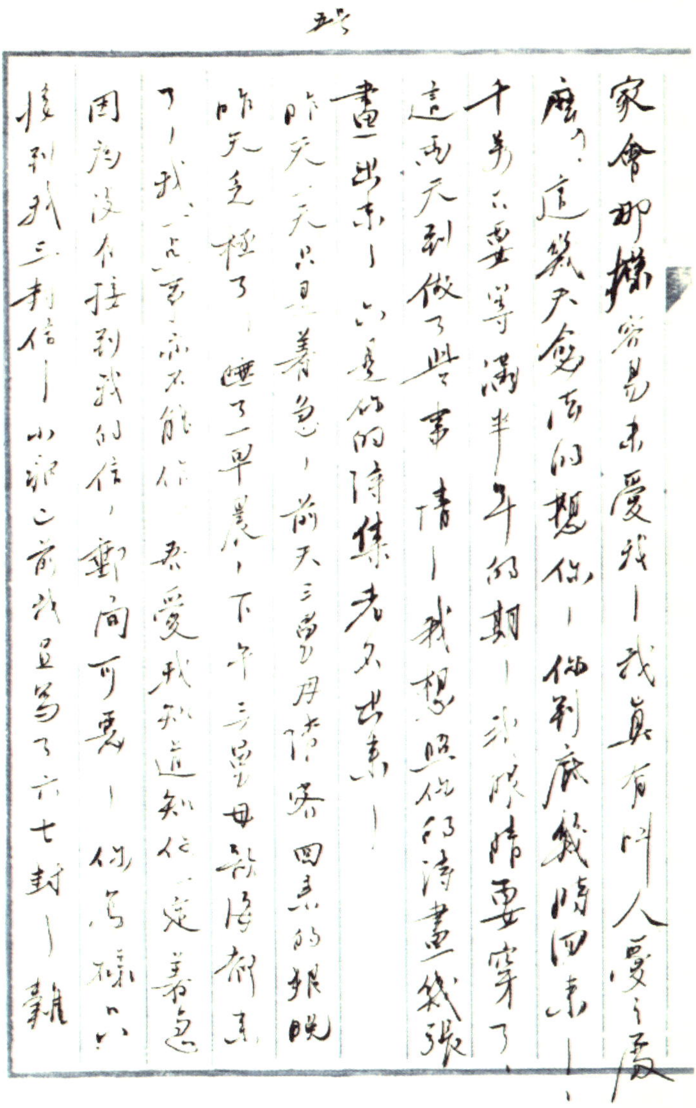

五五

家會那樣容易來愛我！我真有些人愛愛麼
麼？這幾天念你的想你！你到底幾時回來！！
十幾天要等滿半年的期！我眼睛要穿了，
這兩天我做了些事情！我想照你的詩畫幾張
畫出來！也是你的詩集書名出來！
昨天一天只是着急！前天三點鐘同陪客回來的很晚
昨天氣極了！睡了一早晨！下午三點鐘母親陪都來
了！我心上亦不能作　君愛我我知道知你一定着急
因為沒有接到我的信！郵局可惡！你怎樣也
接到我三封信！小郎之前我已寫了六七封！難

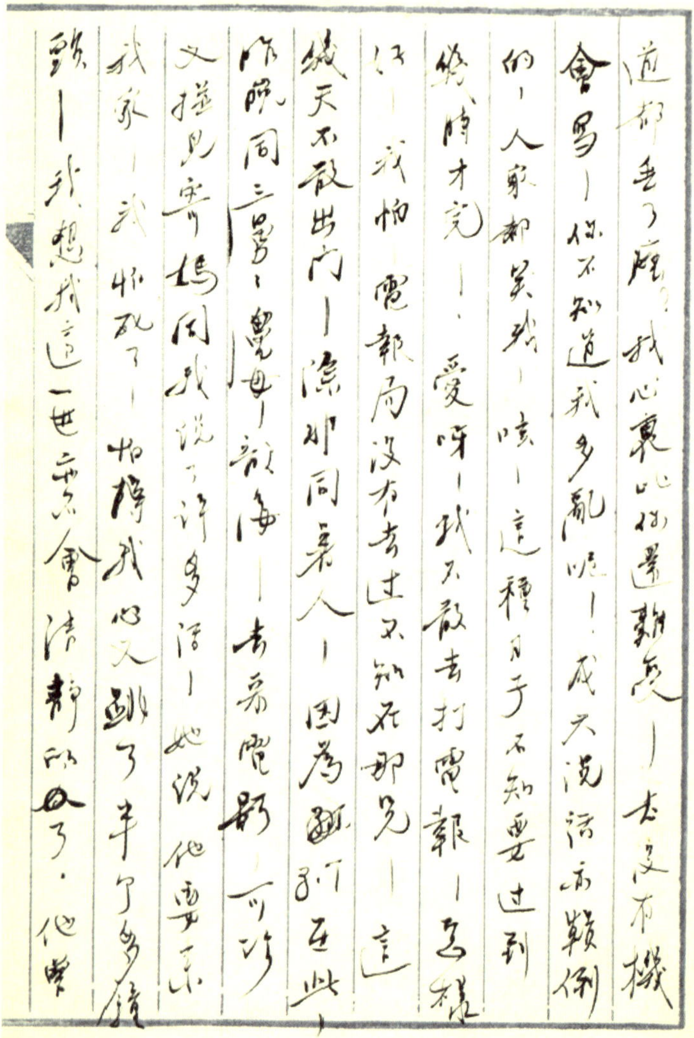

道都丢了罷？我心裏心你還歡喜——大家不機
會罵——你不知道我多亂呢！成天說話顛倒
的，人家都笑我——唉！這種日子不知要过到
幾時才完——愛呀！我不敢去打電報——怎樣
好——我怕電報局沒有去过不知在那兒——這
幾天不敢出門——像那同案人——因為離了你在此，
昨晚同三哥〃覺母敍海——去看電影——可怕
文搭見寄媽同我說了許多話——她說他要來
我家——我怕死了——怕得我心又跳了半個多鐘
頭——我想我這一世無論會清靜的了。他要

七年

對別人說：徐志摩！我怕他什麼！若是小曼同他好，叫他看看我們利害——呢！我真怕！你還不快回來！聽得我那兒多不高去！不敢上街買東西！暗暗若不是他們跟我去我才不去呢！！嗯藉們不錯 明天寫一封信給他罵得不短，可是話還沒有完！等一忽若有功夫再寫！只是昨天跳了舞今天人又不好！[illegible] 根損了！今兒又是無力、若是他知道我的病他一定原諒我不去寫了早 我知道我要不好的今天又跳了三次！時間

十二号

都不要紧的了，唉！这种生活不能再长，根本我都怕极了，只要我们有出一天了。这几天坏了，连着四五天，每天总跳一两次，一人都懒得起来，手又抖起来了，心里没有一时不想着这书的，礼拜三那天，是西伯利亚邮车到的日期，眼净净的望着他的信，很失望，只有一封，后来过了两天又给了我一封，在人前不便看，就偷上马桶看，都在，他们走了十一点多了，睡到床上，慢慢的看他的信，看了几遍心里非常感动，唉！摩呀！我又何偿不望能够样呢！！可是环境所逼，我又好比那笼中的鸟，有翼难飞，所以我现今就是愈陷的不去想他们，被他们这种一提起，倒叫我心神难定，我怎能同适之、文伯去玩呢！！他常要我他所以昨同我去时，临走他来了，又有三男女跳舞等在此不便讲话！他很说明早再谈！我先叫他同他谈谈，再给他写回信呢，还有我现在一下一刻气亦没有，怕不能常写！心乱极了！每一心跳，连呼吸都难的，心里想做事都不成！还能走行吗？怕的是到了那时竟许连命都没有了呢！摩

十三

呀，我心如割，爱！好个无情的世界，我实在不
能去！你要知道我多爱你，我恨不能立刻飞
去！天天望着等着的来！这难堪的内容，
了我们！我的痛苦如！这样的日子真难受
说都说不动，我心有许多话说不出，写不动
算好了，早点睡吧，我又要躺下了。
今天人觉得还好，只是没有力起，先生今朝来谈，
他去欧，事还未一定，大约不得去，他真是个好朋友，
他说若是我能打破一切开口，他一定带我走，难的
是娘一个人，他亦说看她近来气像不好，想又能

二十六

支持下去，若是她真为我的前途而死，那我这一世还能快活么，不但是叫家人笑骂，我的良心也过不去的。我能那样不孝么。我们谈起金钱问题，他说那到不难，他若能出去，钱一定少，他能相助，只是恐怕此事万难办到，一切那知道谈那天来人打断了话，第二天我就又病起来了。那天歆海同六妹做媒请北京饭店的饭，饭后我因为怕舞场中人多，叫他们搬了桌子在黑暗的窗口坐着吹了不少清风，我望着前面往外一望暗沉沉，对面树林里黑漆漆的，吓我一跳，

心裏在那裏想你又覺多吹了些涼風，因未第
二天就發燒，睡了四天，到現在還是四肢無力呢，
病裏只覺得閑空，你不知我多煩呢！這幾天
為着請酒給她們做媒，天天在我家鬧，人多極了，
你來我去，我的房子倒好像是個salon，近來三個月
母她又天天來，我真沒有法子，她還沒她不喜歡
你，我勝着那不喜歡她了，病後我的精神總
不如前，身子不能讀書寫字，稍微用了點心，不
是心跳便是頭痛，神氣大不如前，又因心中
愁悶異常，每天無時不恨，果然每天有人來

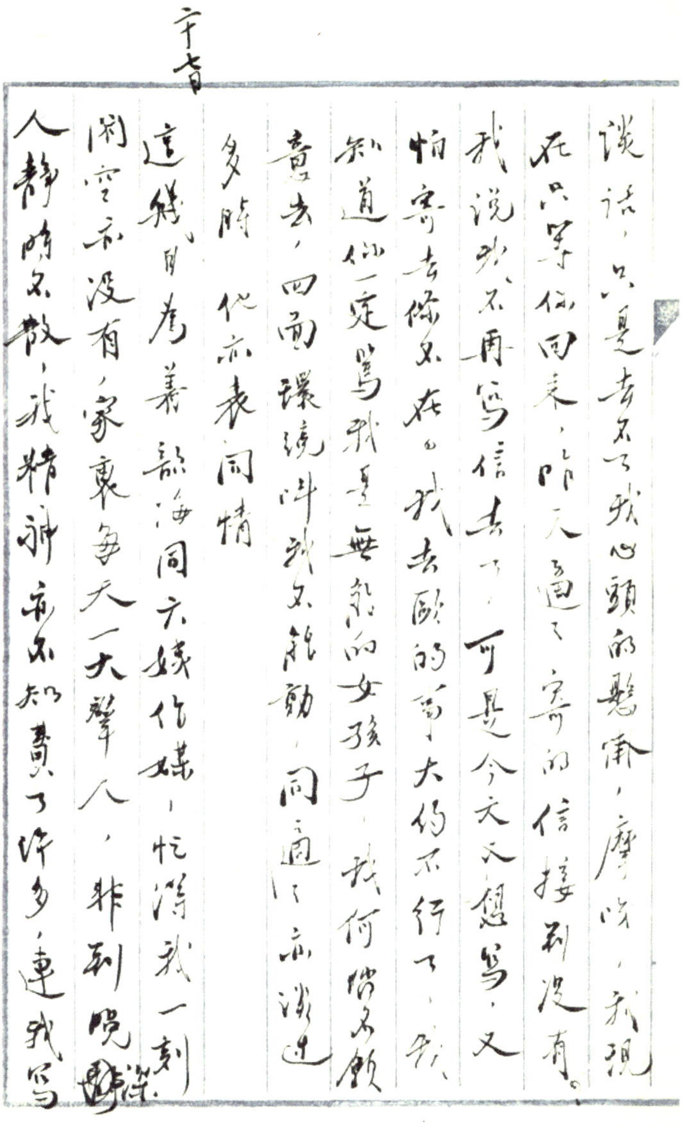

說話，只是去不了我心頭的悲痛，摩啊，我現在只等你回來，昨天適之寄的信接到沒有。我說我不再寫信去了，可是今天又想寫，又怕寄去你又不在。我去歐的事大約不行了，我知道你一定罵我是無能的女孩子，我何嘗不願意去，四面環繞叫我不能動，同適之亦談過多時，他亦表同情

二十七日

這幾日為姜詠海同六妹作媒，忙得我一刻閒空亦沒有，家裏每天一大群人，非到晚上深人靜時不散，我精神亦不知費了許多，連我寫

東西的時間都尋不着，前天同着他們去頤和園，同去有三舅母六嬸，錢昌照，歆海，六叔，陰而無雨，搖着船在湖心蕩，我同歆海，他在那裏一人獨遊，園景亦許如此美麗，只怕他一人無味得很，我說藏至遊湖心，全算他不知他現在做甚麼呢？他笑我，一天到晚只是志摩志摩，不害羞的，我被他說得亦怪不好意思的了。可是我那能忘了他呢，晚上回來下車就落起大雨來了，昨天是歆海的生日，大家至三舅母家給他祝壽，倒還熱鬧，回家已一點多鐘，

廿九

浴罷即睡，今晨起身甚遲，赴娘家吃飯，前五才回來，今天熱極了，我心裏煩極了，昨天給你寫了一封，本不想再給你寫信的，只等你回來，可是你們逼得我太苦了，我忍得不了，本不管你走了沒有我先寫封再說，你到了回來你就明白了，摩，你，等你回來了他們一定要對你說我怎樣的愛你的

這兩天又忙了，許海的事情，陳家小娘送上海來了她們打電話給我，又來看我，昨天我去看了一次，許海十分的愛陳，可是我看她並沒有意轉

他還我只得格外幫忙，還不知怎樣，唉，我近來專為人作嫁衣，想想實無意味，你又遠在他國，我亦有点生氣，摩呀，你要是想我一定不用我說你就會回來的，現在你還不來，想你在那邊一定很舒服，這幾天又不接得你的信，心裏又氣又急，你到底幾時回來，老頭子是要緊的，小娘娘呢？就該冷落不成麽？幸喜近日身体轉好，心又十天不跳了，飯量亦增加，今夏想至北戴河去避暑

十月二日

前天寫著寫著，錢昌照來了，談了他一段衷情的

歷史聽了心裏難受極了，這樣看起來天地間
那有快活的人，我之為他是無愁的人那知道他的
這樣一段有趣的戀情在裏邊，他亦像你似的，
愛了一个不自由的人以致受了許多痛苦所以
現在給他做媒他一点亦不熱心。摩呀走過幾天
因為不接到你的信，煩極了，難道這就是生離別了麼，
昨天一天無精打彩的睡着，適之他們來我
我和他今天去拿信，居然有一封可是天呀
為甚麼他接不着我的信呢！！我出京的四五天上
就急忙給他寫了一封信，後來——一星期後又去了兩

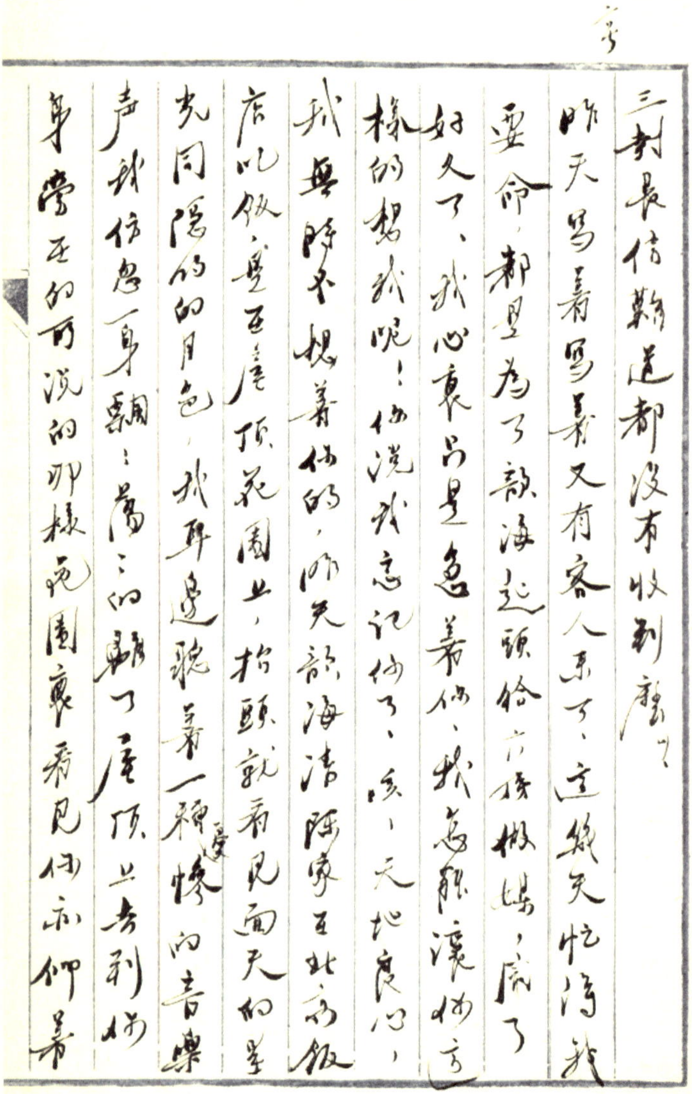
三封長信難道都沒有收到麼？
昨天寫着寫着又有客人來了，這幾天忙得我
要命，都是為了韻海起頭給亦樸搬場，擱了
好久了。我心裏只是急着你，我怎能讓你這
樣的想我呢！你說我忘記你了，咳！天地良心，
我無時不想着你的，昨天韻海清陪家至北京飯
店吃飯，是在屋頂花園上，抬頭就看見滿天的星
光同隱約的月色，我耳邊聽着一種慘（憂）的音樂
聲，我彷彿一身飄飄蕩蕩的離了屋頂上去到你
身旁，在你可憐的那樣花園裏看見你正仰着

四号

頭望著月在那裏一樣的想我。我的心何能在那裏同他們說笑呢！我近幾天又想起我前途的黑暗，一年一線的希望都沒有了，我常則是天天盼你的歸期，就是你回來了，我亦愈增愁苦，我父母這樣的誤會我們，我又有甚法子呢！我說我是個無膽量的女子，我真不敢做驚天動地的事情，而為我終身的幸福，有的害人家不如害自己，我怕甚麼！死了無人罵，若是氣死老母豈不是被衆人罵麼

我老想給他寫信又怕他走了豈非我的信到那時候。

可是昨天適之說他還不見得回來呢，當真麼？我想他接到我們他的那些信他一定就會回來的，摩呀！你要想我你就快回來吧，不要叫我眼睛望穿罷，這幾日心緒亂極了，昨日去淑華家談了一下半天，知道你寄給她你作的文章，你為甚麼不寄點給我呢！我的學問雖則是不好，可是我的心最好強的，你可千萬不要看不起我，人家看不起我比甚都難過，我知道你是愛我的，我心裏狠覺得安慰，只是你對我終沒有對她們那一般的情，清夜裏想起來便我心酸，我為甚麼不好好的用功去比人家呢？可是現在鬧得我無心做功，終日裏只是浩恍，你一天不回來我一天不安心，想起你一人作客在他鄉，使我心急得跳，恨不能立刻飛去你身旁，安慰你的寂寞。摩呀我近來的心錯不過又要變成死灰的了，活着有甚意思，我渴望着你回來，就是你回來了便怎樣呢，到那時間還有父母之命亦許不能同你常見面，就使見面亦免不了是在衆人面前，他們大家知道我們相愛了，母親真聰明，我們說話通通亦是我們在一起，她怎樣說甚麼吃，可見她真有眼睛，她明白就是愛他的像我愛你

七号

似的、

連着這幾天熱得我天天頭痛，躺着老不愛起來，晚間月色好盡在園裏坐到天亮，糊思亂想，那有心情提筆來寫，腦子仿佛做電影似的把前後的情影件件的翻，摩呀你一天不回來我一天不能靜心的過日子前天早晨聽說恩厚之回來了，我以為你亦許來了，那知道是白喜歡，你看可見你不想我，不然早就飛亦飛了回來，我亦不怨你，因為你回來全在你，你不想我又為甚麼想回來呢？敢情我連日記都不愛同你寫，心裏真不好受，事情又多煩死了，

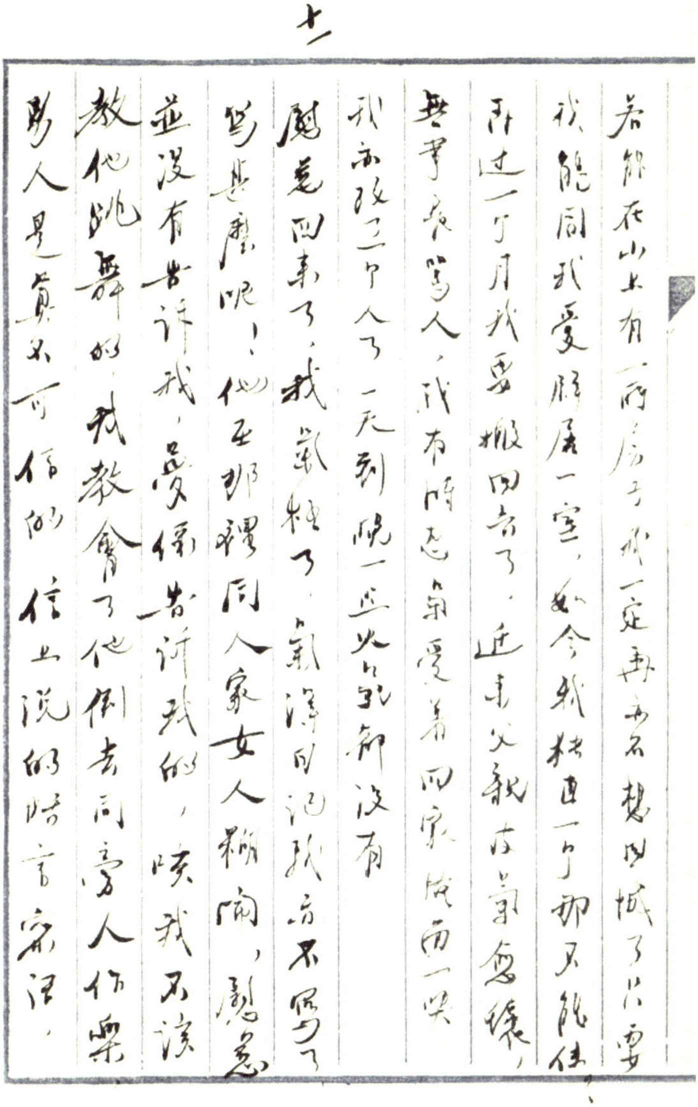

十一

若能在山上有一所房子我一定再也不想回城了只要我能同我爱的居一室，如今我拣直一刻都不能住下去了，一个月我要搬回去了，近来又新添个怨恨，无事只会骂人，我常时想着要回家随便大哭一场我所跟二个人了一天到晚一些火气都没有

摩总回来了，我气极了，气得自己说不出话了骂甚么呢！他在那里同人家女人胡闹，摩总并没有告诉我，是爱保告诉我的，唉我不该教他跳舞的，我教会了他倒去同旁人作乐男人是真不可信的，古人说的话真实话。

那曾告訴我過一些不好的事情，我灰心極了，這幾天心裏的難受真法說不出是甚麼味兒了。我不管我亦去跳舞了，我還九時裏北京飯店去了三次了，一去就有人同我跳，我亦穿個衣了，為甚麼我亦不樂：：、他同她跳的起勁的時候，難道有我在腦裏麼？早知如此我該早明白的，所以幾次寫信給他，問來他不聽，我明白了。該！我寫了許久這本日記，想不到到了這時候，完，正是我心灰，心死的時候，早知我還不寫呢！之後你回来了，我心安了，一切事情你都明白了，我这最后的几张我写的是正在生气的时候，现在事情你说明了，我写的都无心的话，你可以原谅了，哥你明白我吧。

眉

一定不写了，他爱回来又回不，他来了我本来是不会回来的，我还写甚么，没有话了，就此告终。我这不幸的日记，以后再不叫他见人了，我的命真苦，不写了，心人回来吧，我一定好好的……他

小曼写的 八月九日

我看这日记眼里润了好几回，真是无价的爱，你把你的心这样不含糊的吐露……

十一月廿四

靜！冷！呀！這房裏多冷靜！不見了天天在此淘氣的小孩，不見了他的和善的笑影，只留下那火爐上煮着水的声，和那門外不斷的叫賣声。可不是！本來這是每天都有的現象，只是少了一个人就覺得平是愛聽的响物也變了腦声了。

摩！你真可愛，想不到你在天津還寫書給我來電，我也真在想你，現在我安慰

極了，今天沒有出門，在家打了一天牌，心緒總覺得不自在。母親來電問我你走時可曾說些甚麼，我知道你定告訴了慰慈這次的電報，唉，我真恨你言語無信，說不要講，為何又說了出來，叫人家豈不是笑我麼？為此我恨自己一氣，娘也氣了一天的氣哭，正是一家中無一處與人，滿腹怨氣只有忍。

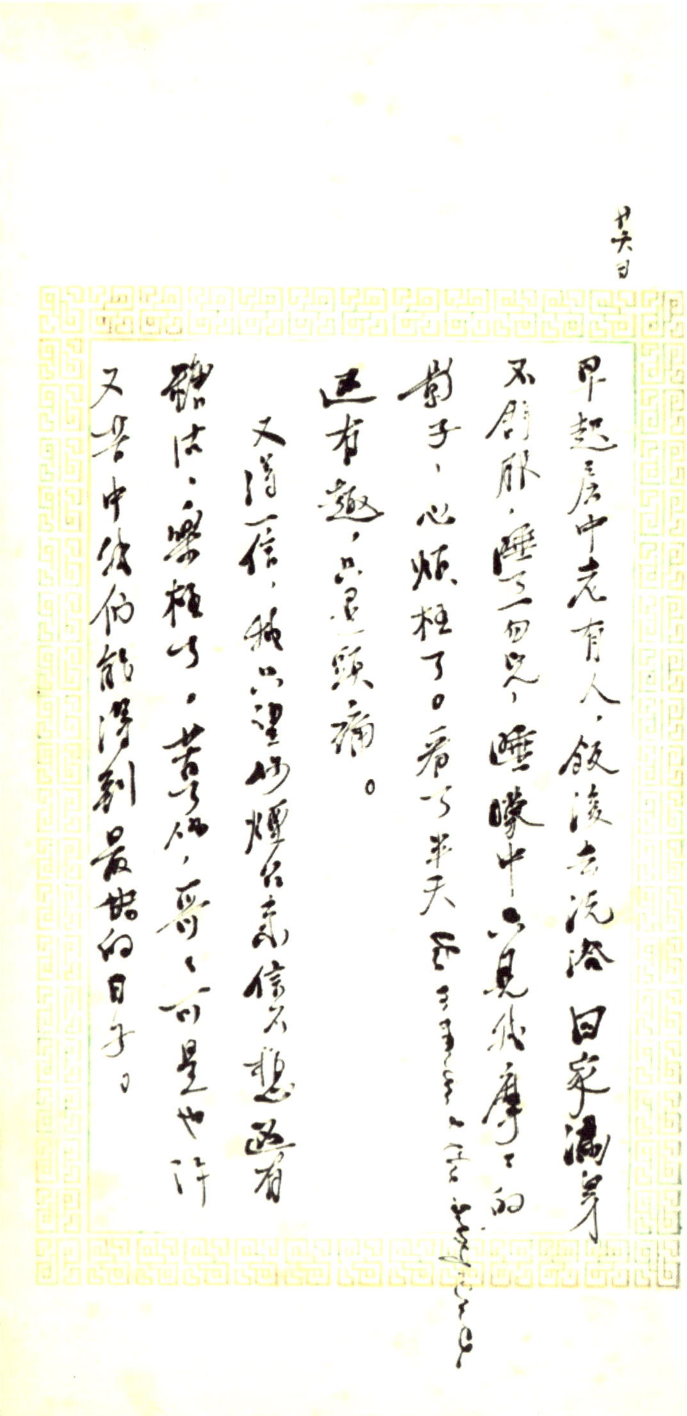

廿六日

早起房中老有人，飯後去洗浴，回家滿身不舒服，睡了一回兒，睡夢中只見你摩摩的影子，心煩极了。看了半天書，書倒還有趣，只是頭痛。

又得一信，我只望你煙台來信不想還有塘沽。樂極了。苦了你，哥哥，可是也許又苦中我們能得到最甜的日子。

跑了她們忙着行儀，好了她們來找我，不至家。我實在愛她，心裏又自在，你也不能怪我。今天一天不舒服，又不爲了何事，屋裏冷清清的家裏真難受。睡也不好，坐也不好，寫又頭痛，只能就着想你。醒來沒有你是什樣的難受——

昨天看戏是看第三，胜能下台，想见
她心我很快乐了，已有两个小孩。
摩，一切底还是有孩子的好。冷清清
静静的，心里甚么都好。我真悔……
三番母说就来，来了大盖又是一哭五次
天，在我红尘内的时候，就也好。
才两天——廿三日早晨，老不晓

大家去城南看了新戲，苦得了不得，心裡不好過，看了只得陪眼淚，二男女看完戲又去跳舞到如今三點半了，真可氣，我心又跳，腹又脹，又不知為了何故。

二十七日

昨晚睡得太遲，今晨又晚了。掃房，我無處存，只得出去，同娘去歸，買了些平用粗物，還了賬。回家滿屋子人，她們是來送我的，不知我心中煩，又同金代他說了一會兒。

日子不知為何長得要命。

看了看你的舊信，有趣，可愛，

廿日

我很想要同他写信，时候已晚，可是我觉得样样做不成，睡了一天，不舒服到极点，晚上三点钟回来同去看电影。

廿九

摩摩，我又预备再写这书了，我心里只是一想

你你，别的心写不出，就是好好的书都看不进了。

昨晚看了电影里的人的爱样儿，叫我好难受，

你亦知道——真的——苦！！我想你——要你——

你快回来吧——我心乱得甚么事也做不了——

昨天看了一本书，头痛得不了。霞人——

今天要出去看游华——到萧缇家

從娘家回來，一个人冷清清的在路上走，
又害怕，真亂！為甚麼你要去！
在那邊打牌，心都要！一陣陣的酸哭，
哥哥，我真想你！我想你！別的話也
說不出來多少

二十日

除夕——不是人人最喜歡的日子麼？我看起來也不過同平日一般，沒有意味到極點。現在娘她們都出去了，我要買的東西也叫祥順去買了，我趁著這功夫來同我的心談談。今天我想你定最喜歡知道我是十點鐘起來的，同屋裏去走走路，走了不少回來腿也酸了。走進門即看見摩的信——腿也好了，我最愛的是摩了，你時時刻刻的記念

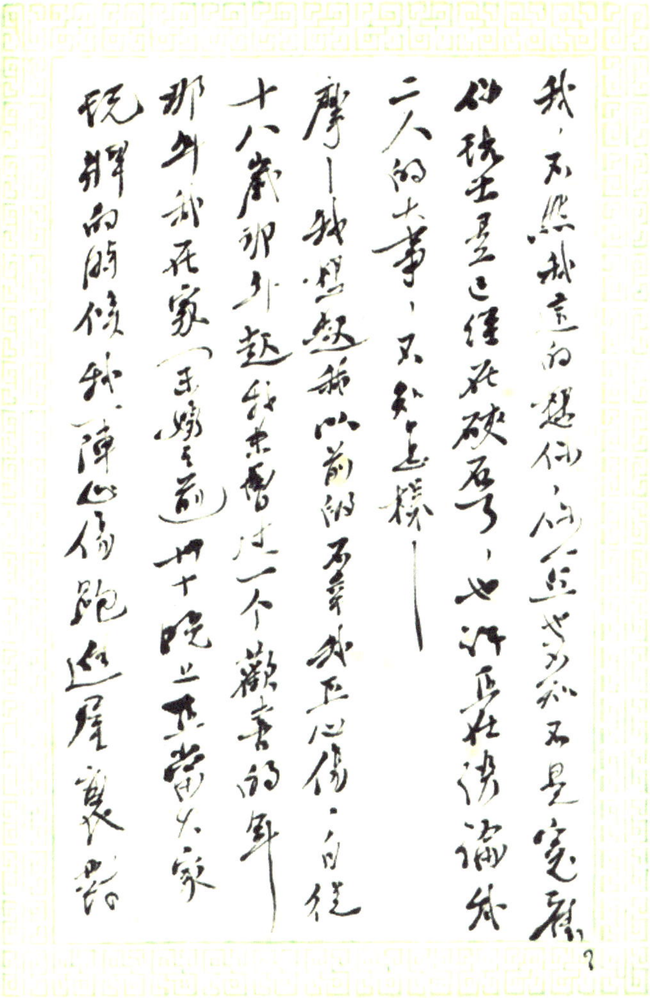

我，不然我这的想你，你今天也为你不是冤屈？
你讲是已经在破产了，也许正在谈论我
二人的大事，不知怎样！
摩！我想起我以前的不幸我正心伤，自从
十八岁那年起我未曾过一个欢喜的年！
那年我在家（未嫁之前）卅十晚上当大家
玩耍的时候我，悄悄的跑进屋里去

著他沉沉的痛默哭，那時我想我將來一定嫁

不正稱心不合意的人，使我終身抱恨的

這不是過渡麼？但有不是已我心裏想是

應該來甚麼——幸喜我現在有你——

五年不樂的餘夕，從今天起可以洗盡了。

可是我還是不樂——摩，果然我現生悲

有了你——可是我們的前途還是暗然、

今天是萬人喜歡的日，外邊不是不斷的鑼鼓聲，叫我這種孤單人聽了出我心懷，等又兜兒起了他們來，我倒不喜歡有人來，我一個人陪著想，心心難受，眼見人我心裏跟煩。摩你還是快回來吧，今年又叫我過一個冷清的新年——

明年呢！！

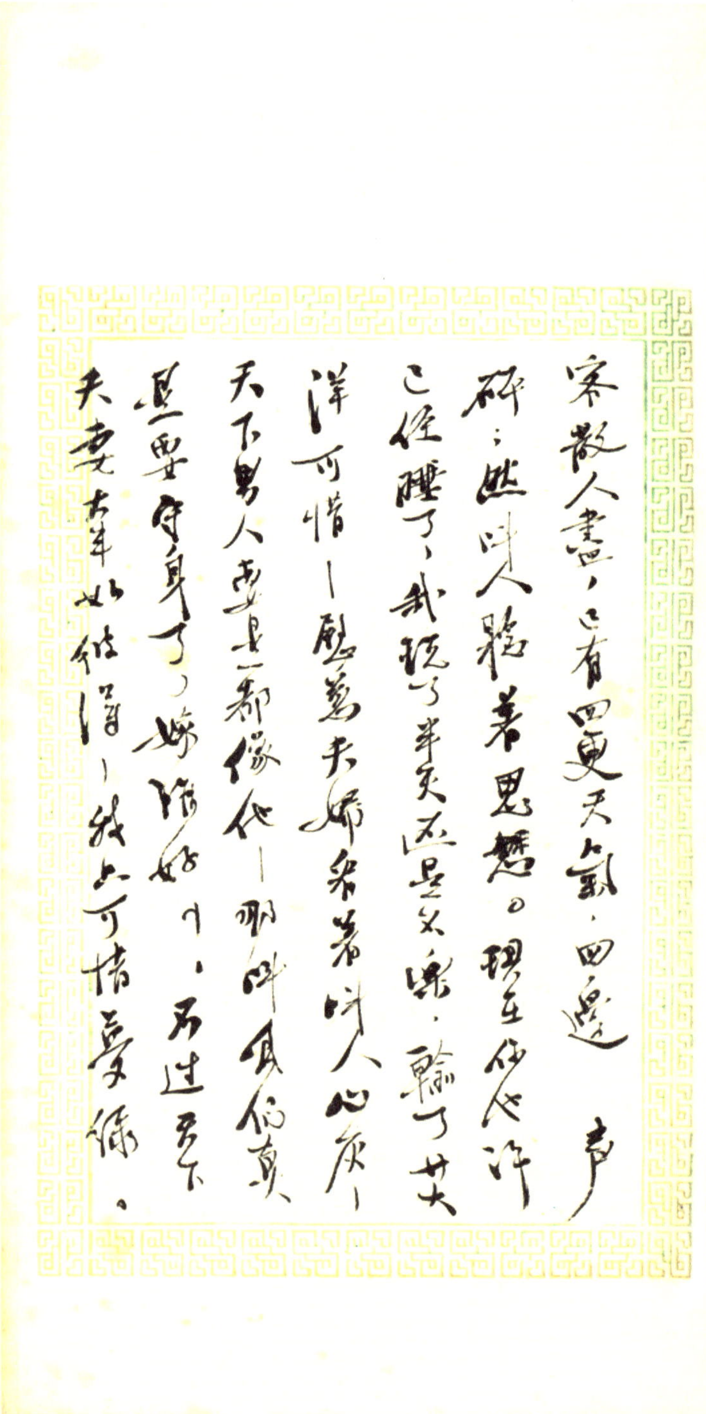

客散人静，已有四更天气，四边声
碎碎，此时人听着思想。现在你也许
已经睡了，我躺了半天还是不能睡，睡了又
洋洋可惜！一般夫妇看着时人心底！
天下男人要是都像你一那时候真个
是要守身了，婚姻好了，不过天下
夫妻少年如你这样，我只可惜爱缘。

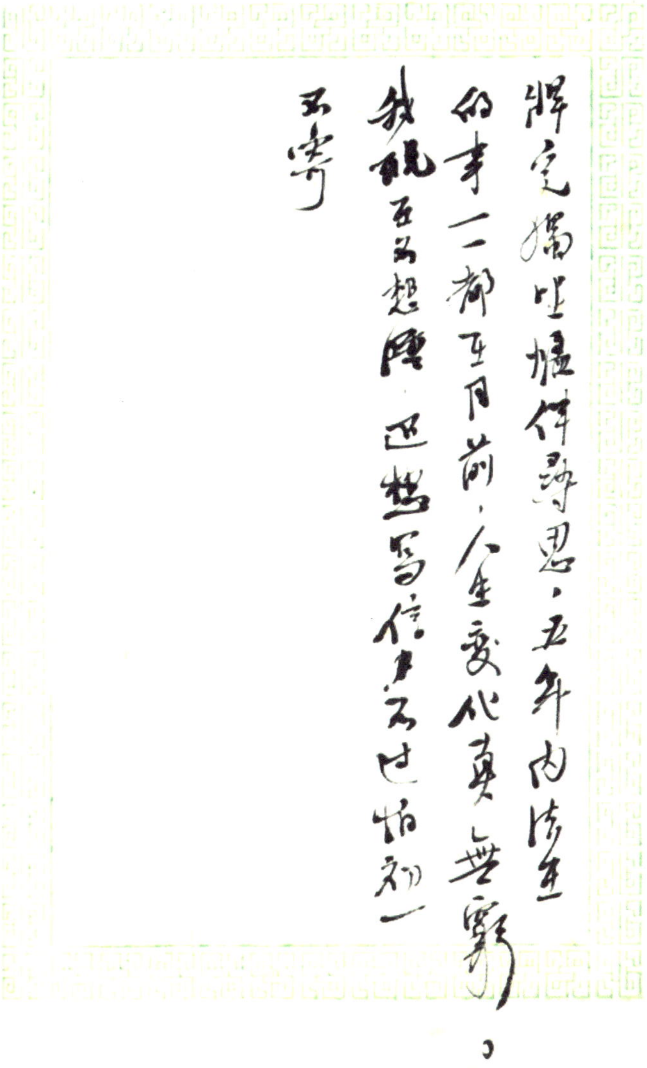

将完独坐炉伴寻思，五年内发生的事一一都在目前，人生变化真无穷。我现在只想随，还想写信去，不过怕初一不寄

正月初一

恭喜摩！　我二十四歲了，不能再算小孩子了，我從今天起也不能再過從前的生活了。我也想離開北京，不過父母在此也不能就此遠行，真難。昨晚在爐前坐著想我之一生，不知哭了。我想給你寫信，可是初五前不來，初四再寫給你，你已回來了，所以我決定給你寫這本日記當寫信了。你今天在那邊做點甚

摩〃，鐘頭來已有十點了，家裏心又這如此，
無甚大意味，錢也都用完了
下午同娘去趙壽舟處拜年，回來滿
身滿心的不痛快，睡了多時，沒有睡
着，煩得直哭，想你一言〃這都是你
的不是了，大年初一就叫我哭，你若是
在我身〃旁我不知要怎樣〃害哭〃

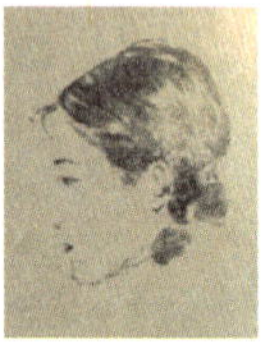

今年還是要樂，且待來年再看。可是有一件事使我很樂。三十晚上祥順對着我的首飾燭說：「小姐你看多奇怪，今年的臘它就不了了。」我不解，她說：「自從你出嫁四年的臘都是我點的，每回四對，一從心裏怪我是又多時間再看那兩支臘相錯四五寸。」其實都是一般的東西，言媽同我就說這是一不祥的兆，她二人又不能說出，我們都很

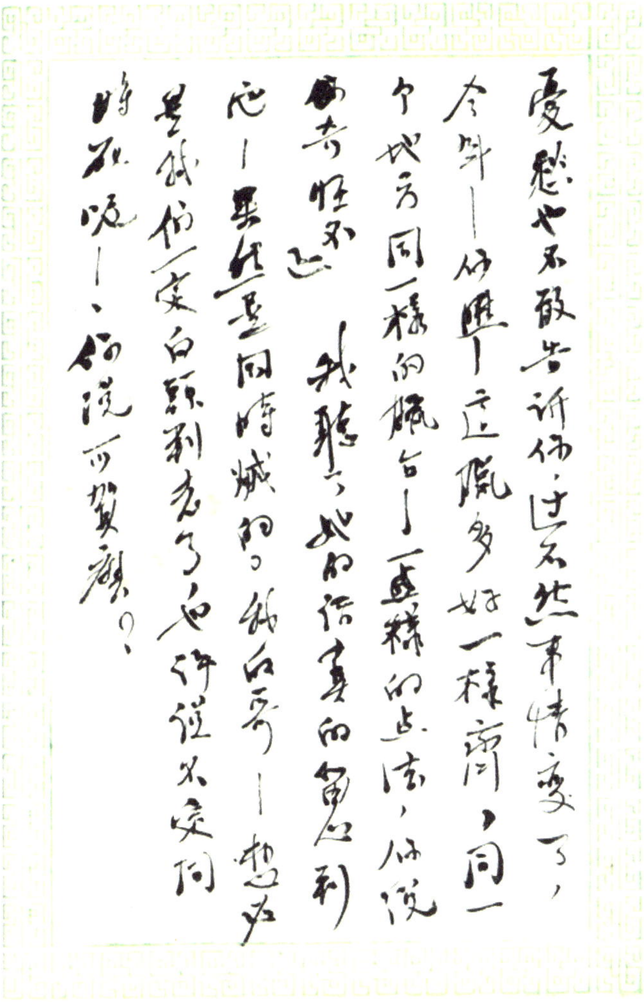
憂愁也不敢告訴你，決不然本情變了，
分外——你與一亞瑕多好一樣聰明，同一
个性同一樣的梳台——一模樣的燈法，你說
奇怪不？ 我聽了她的話真的氣死到
心——這時正是同時滅的，我自為——想必
是我倆一定白頭到老了，也許從來不同
時死呢——，你說可賀麽？

我现在才看戏回来，同爸爸小瑞去的，
到心好，我下午看了半本[illegible]了。
我以后无论做甚事都写了，那你看了一定
喜欢的。我闷极了，看戏也不定心，只好
你在家做文章我去看两好，哥哥你几时
才能回来呢？我等极了。我这个人大
不好，放心吃饭，人也真瘦下去，只是这

四天内，你说奇怪么？人也老没有精神，
也许是想你的原故，日来茶我总说你是
不让你许可以养养，生身体一阵不起来，
不然，我每日总觉得心里一种痛，我总
过几天去请医生看看，再说。身体
如此不好，心绪也非了事。我的颜色难看
极了，腰中也有些酸胀！！怕不要不回不

甚麽就来吧！、我們有点多起来了，中国業我戈为大敗呢写。我要睡了哥哥！！好睡了没有？你們这俩天一定忘去家那边瞧我，是不是？、

初二

今天起得太晚，一点多了，精神还是倦，心中只是悶悶，没有带同她們孩子打趣，来拜年的客人到不少，無心去應酬

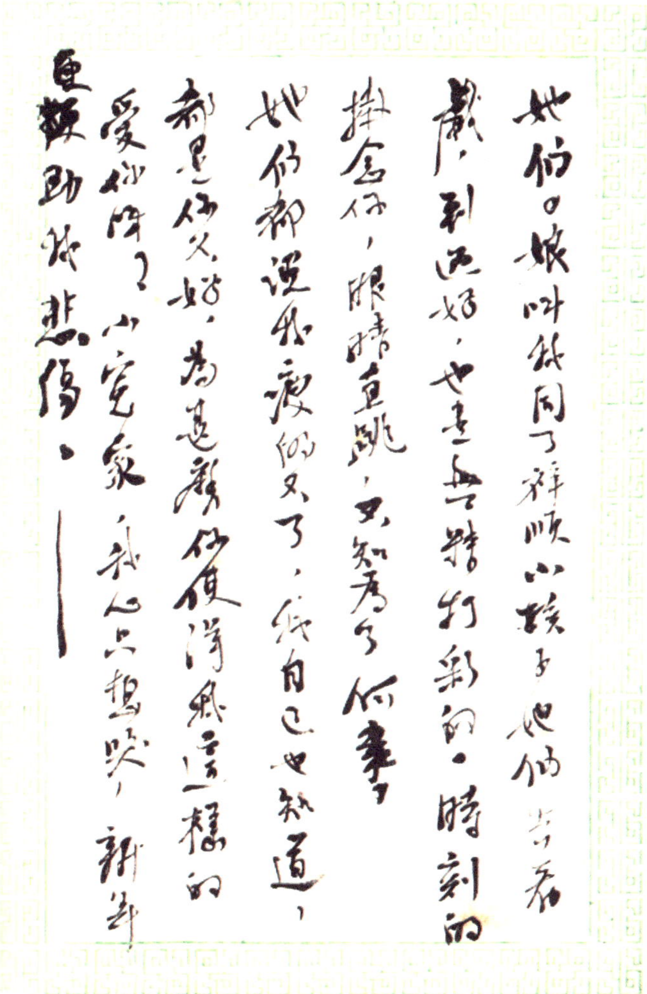

她们的娘叫我同了祥顺小孩子，他们当着戴，到底好，也无精打彩的，时刻的挂念你，眼睛直跳，不知为了何事她们都说我瘦的多了，我自己也知道，都是你不好，为甚么你使得我这样的爱你呢？小冤家，我心只想哭，新年更难叫我悲伤。——

摩！你知道我又在這裏呆呆的想你了。你知道嗎？我方才無事看了一看你給我的宝貝日記，使我想起上海的日子，摩！我实在不知怨誰好，我回憶起來真是叫人落淚，不明白的人還說我的不是，真冤。那本日記是我惟一的宝貝，我不要珠翠，我只愛他。 我睡了，去尋夢去了。

初三

過了半天今天才是初三，真慢，從前我只說日子飛得太快，那知道沒有你就變了。翊唐十点鐘來的，談到一点多鐘，他去後我就睡，睡到六点。總是不舒服，怎麼我真有点怕起來了，我總覺得不好，你快回來吧。

初五 倆天沒有寫，心中難受，昨天再說

初七 這倆天都是我沒有功夫寫，也不是我不想寫，只是我心中同你生氣，不敢寫，我怕寫了我的筆由着我心發去，我又愛說的話不愛，因我一時的氣憤來使你心中不安了。我知道我的性氣，一時也就好，所以我罷了兩個星期不能同你談談了。我心裏自問也有點氣消了，對，我們也不用再提了

前天（初五）早起就被拉约去七号吃饭，饭後同去游玩清宫，何等之至。我本高高兴兴极了，回来就想你，至七号看见了几件东西使我非常的气你，也非常的想你——伤心极了，摩，你真刺煞人，我也不说了，说出来也无非是伤心罢了，可苦呢！我这几天大瘦，不成形了，也是你的过。

昨天正躺着说笑，慰慈夫妇同来，我也无心酬应他们，他们也不怪我的无精打彩，大家都明白我心，他们刚喝上口茶，三舅母也至，我新年兴趣少，要输钱也没法过去。这今晨起我想写一切，也不知为何心不快乐，人活着总归是就要在醒了不是也是一场空梦？好便怎样，坏

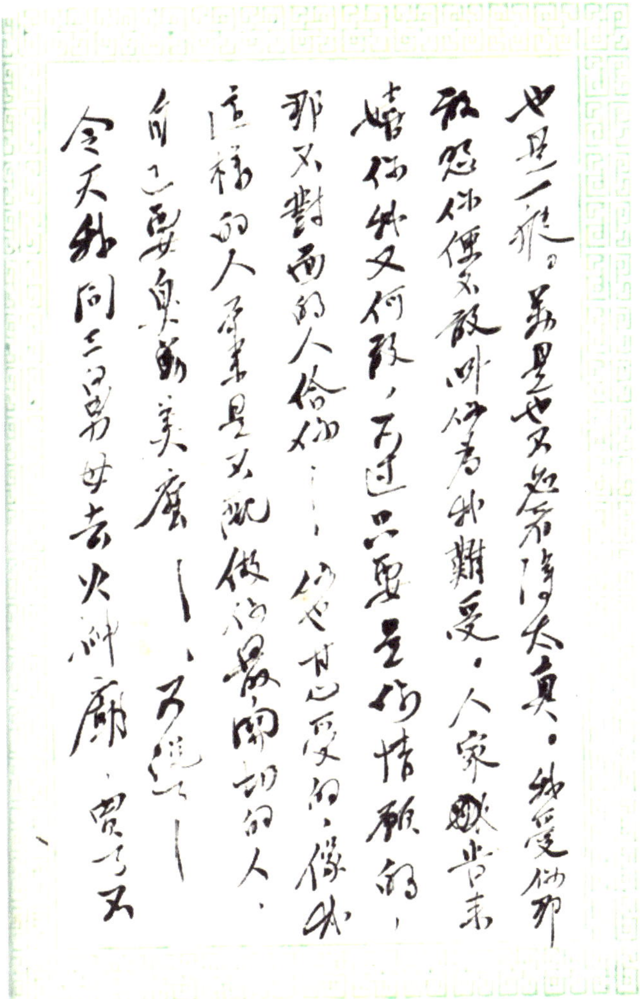

也是一樣。莫是也只怨看得太真。我愛你那般怨你便不敢叫你為我斷愛。人家都肯來嬉你，我又何能，不過只要是你情願的，那又對面的人給你……你也甘心受的，像我這樣的人原來是只配做你最關切的人，自己要負前美麼——不提了——今天我同二個弟妹去火神廟，買了不

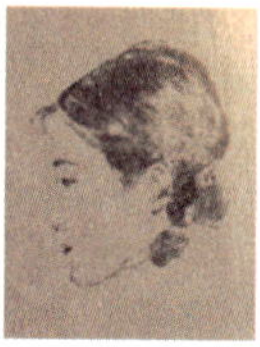

少東西，有許多可愛的東西只是沒有錢買。晚飯後接着你上海的信，甚慰。我只是眼跳心驚，不知為了何事，我想去打一電報給你，又不知硤石用英文怎樣寫法。你為甚麼不打電給我的。

幼儀我看也很好，真奇怪你為甚麼不愛她？她現學問比也好得多，亦是我二

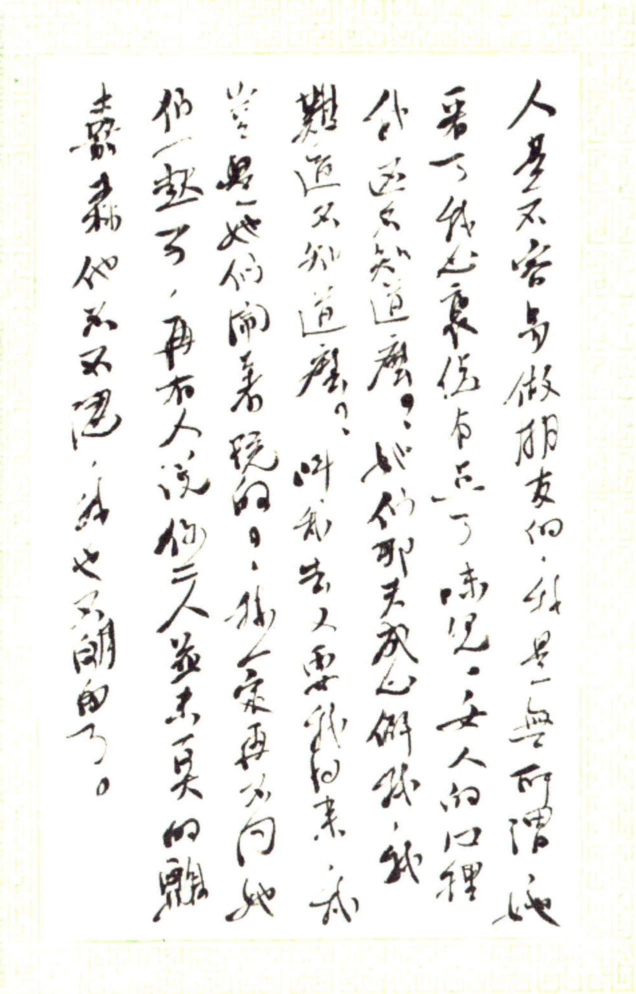

人是不容易做朋友的，我是一無所謂她看了我也最後有點了味兒。女人的口裡什麼不知道麼？她們那天我也解釋，我難道不知道麼？。叫我去又要我回來，我嘗嘗是一她們商著說的日，我人家再去問她們一起了，再有人說你二人並未真的離婚啊，你我不過，我也不明白了。

初八

昨晚同摩谈谈夜深，我看他倒非醒容易了信的，我心里实是难受，夜间失睡早起不能安睡，身体难好，旧病又复，去看了医生，又有点咳嗽，只好要你歇，他也又回来，我心急，心乱闹起了，睡了一天去看戏，也无味，医生叫我少用脑力少用心，我这样不只是思想，脑中无片刻安宁的时

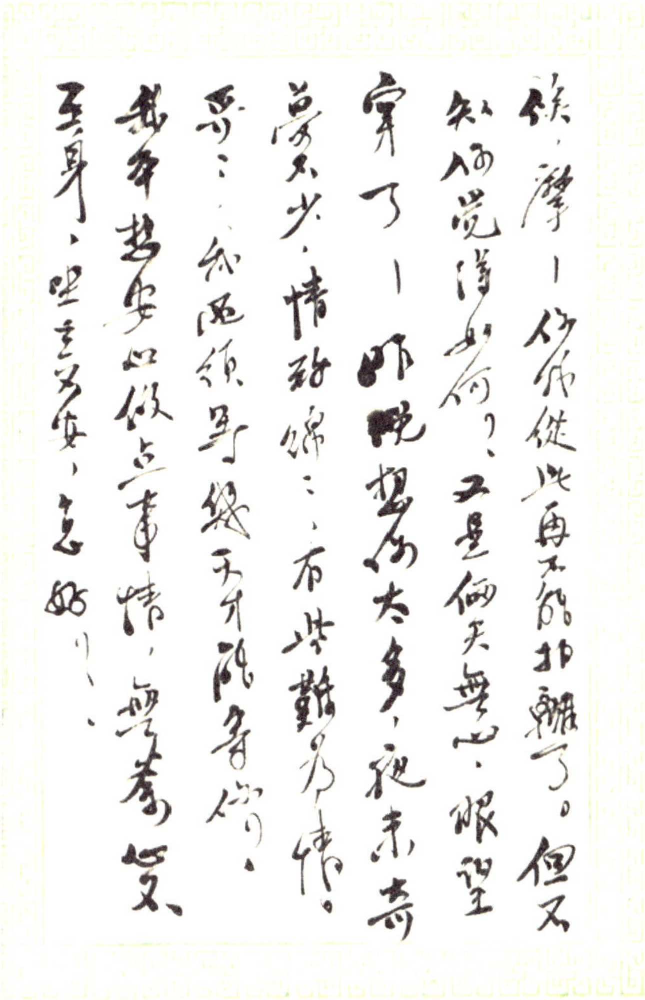
談談，摩！你我從此再不能相離了。但不知你覺得如何？！且是倆夫無心，眼望穿了！昨晚想你太多，夜來奇夢不少，情致纏綿，在此難以為懷。哥哥！我還須等幾天方能看你們。我本想安心做點事情，無奈笑至身，坐立不安，怎好！！

初十

昨天一天大风，吹得我心都碎了。睡了一天，躺着难受，摩，我现在连写都不爱写了，只愿每天躺着想你。好在我至多再等上十天，你总是要来的了。我只能这样想。方才陈光金给我打了一电。你真狠心，连个电报也不来安慰我，四天不接信了！

十一

[illegible]— Oh! Mon. Can't you come back earlier? days are awful without you.

Ta-Ta. I am impatient. I want you. Why do you leave me in such miserable state. I send out a telegraph yesterday and I waited for the answer to-day.

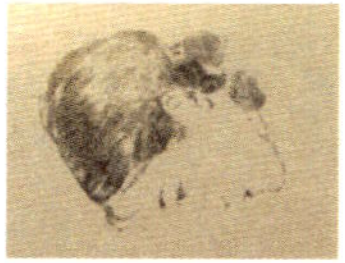

and it never come. I am quite ill.
I haven't go out for four complete days.
I was always in my room. Reading.
I am thinking of you badly. Sadness
has left me for a long while already,
and now it has come back to me again.
I am wondering all the time what are you
doing there. You ought to telegraph me.
Don't you know I am awfully worried?
What has come to you? Oh Mon.

You are killing me. Before you left
I thought killing days are easy.
But I know now it is impossible
to pass a day without you. You
have captured me, darling of mine.
For four days no letter from you.
What is the matter? I am restless.
Can't eat, can't play. No use of going
to theatre or Cinema. I tried hard
to think less of you. But my wonderful

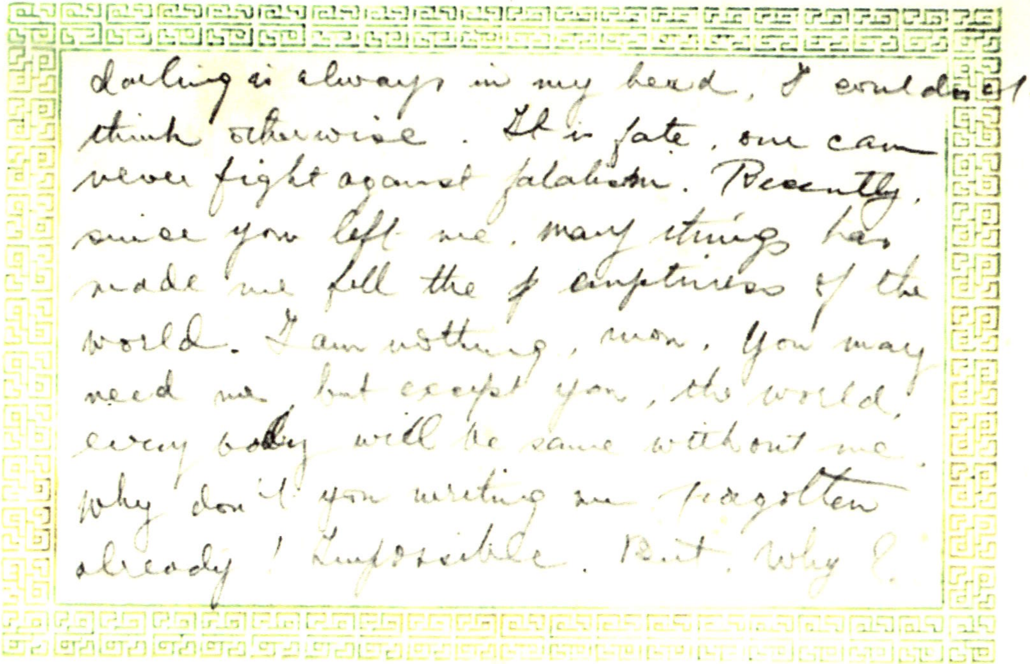
darling is always in my head, I couldn't
think otherwise. It is fate, one can
never fight against fatalism. Recently,
since you left me, many things has
made me fell the ~~f~~ emptiness of the
world. I am nothing, now. You may
need me but except you, the world,
every body will be same without me.
Why don't you writing me? Forgotten
already! Impossible. But, why?

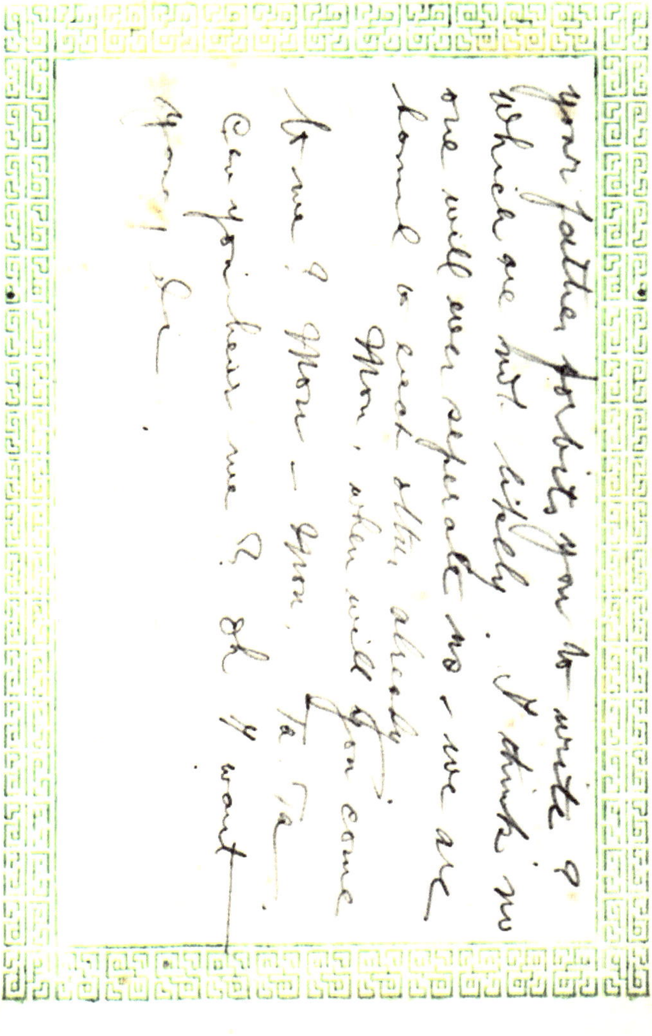

your father forbits you to write?
Which are not likely. I think no
one will ever seperate us – we are
bound to each other already.
Mon, when will you come
to me? Mon – Mon. Ta Ta.
Can you hear me? Oh I want
you, dear.

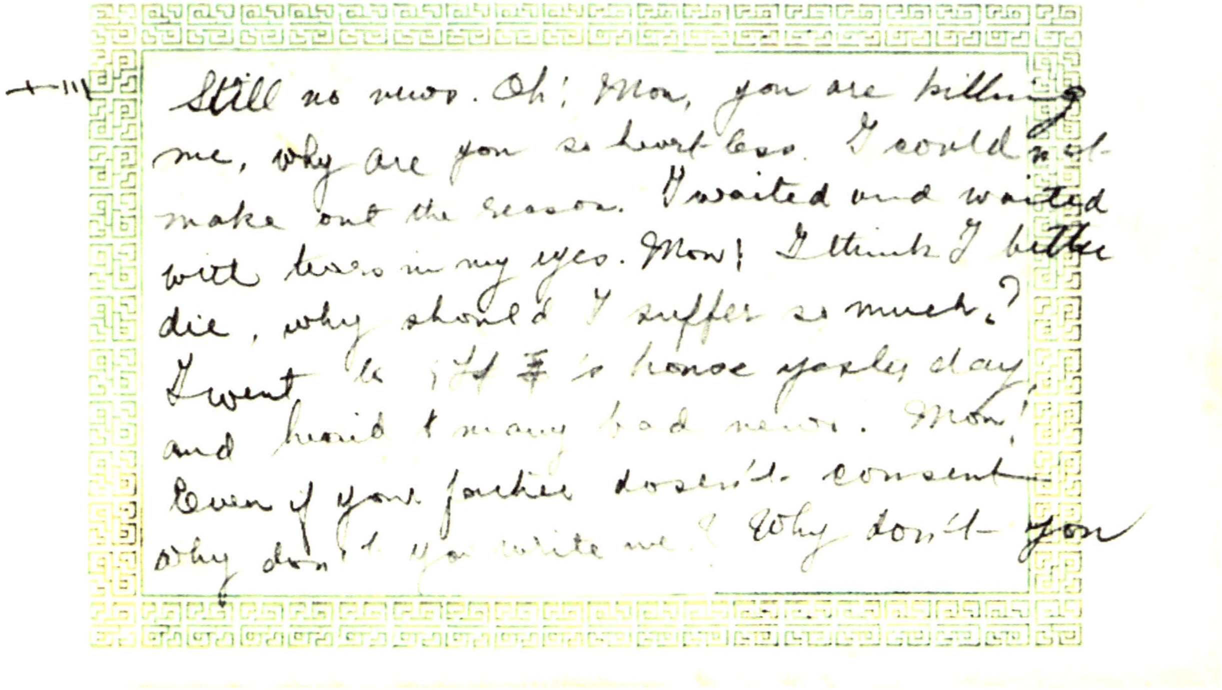
十三

Still no news. Oh! Mon, you are killing
me, why are you so heart-less. I could not
make out the reason. I waited and waited
with tears in my eyes. Mon! I think I better
die, why should I suffer so much?
I went to 竹平's house yesterday,
and heard too many bad news. Mon!
Even if your father doesn't consent,
why don't you write me? Why don't you

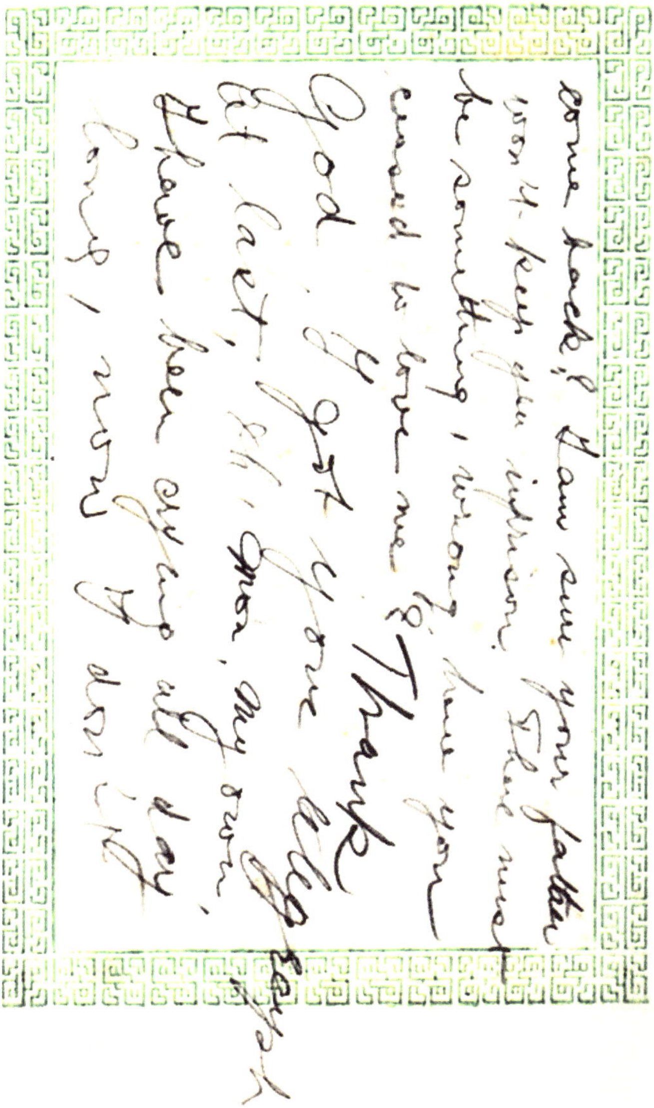

come back? I am sure your father
won't keep you in prison. There must
be something, wrong, have you
ceased to love me? Thank
God, I got your telegraph
at last, Oh! Mon, my own,
I have been crying all day
long, now I don't

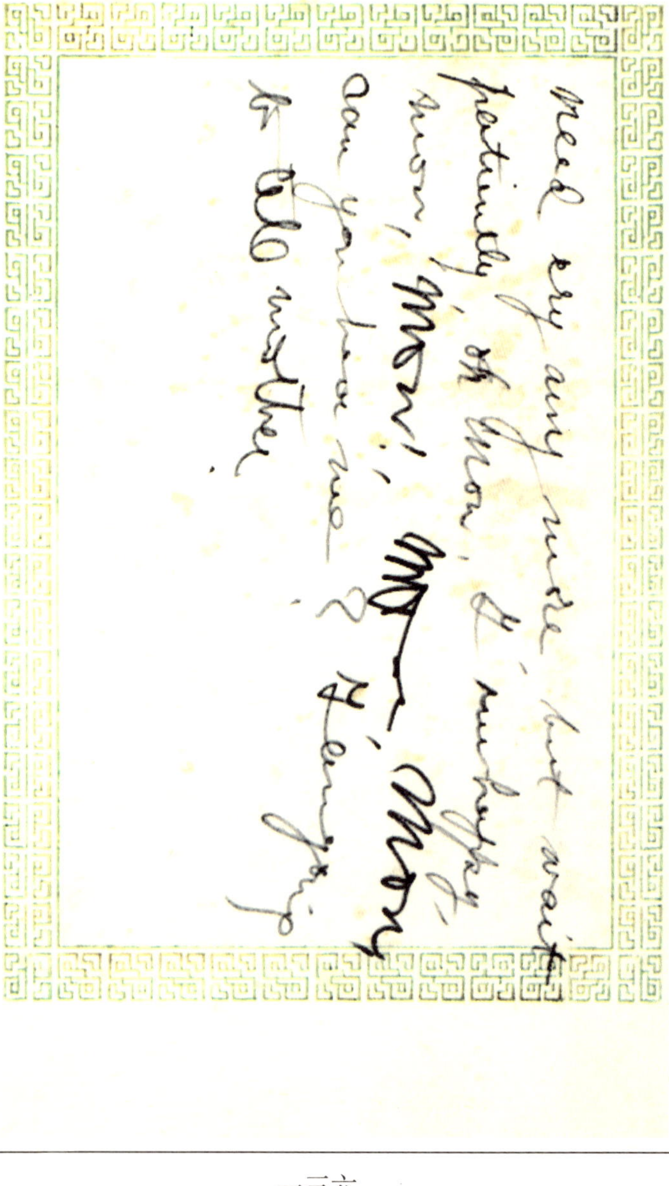

need cry any more but wait
patiently, oh Mon, I'm unhappy
Mon, Mon!, Mon, Mon,
can you hear me? I'm going
to tell mother.

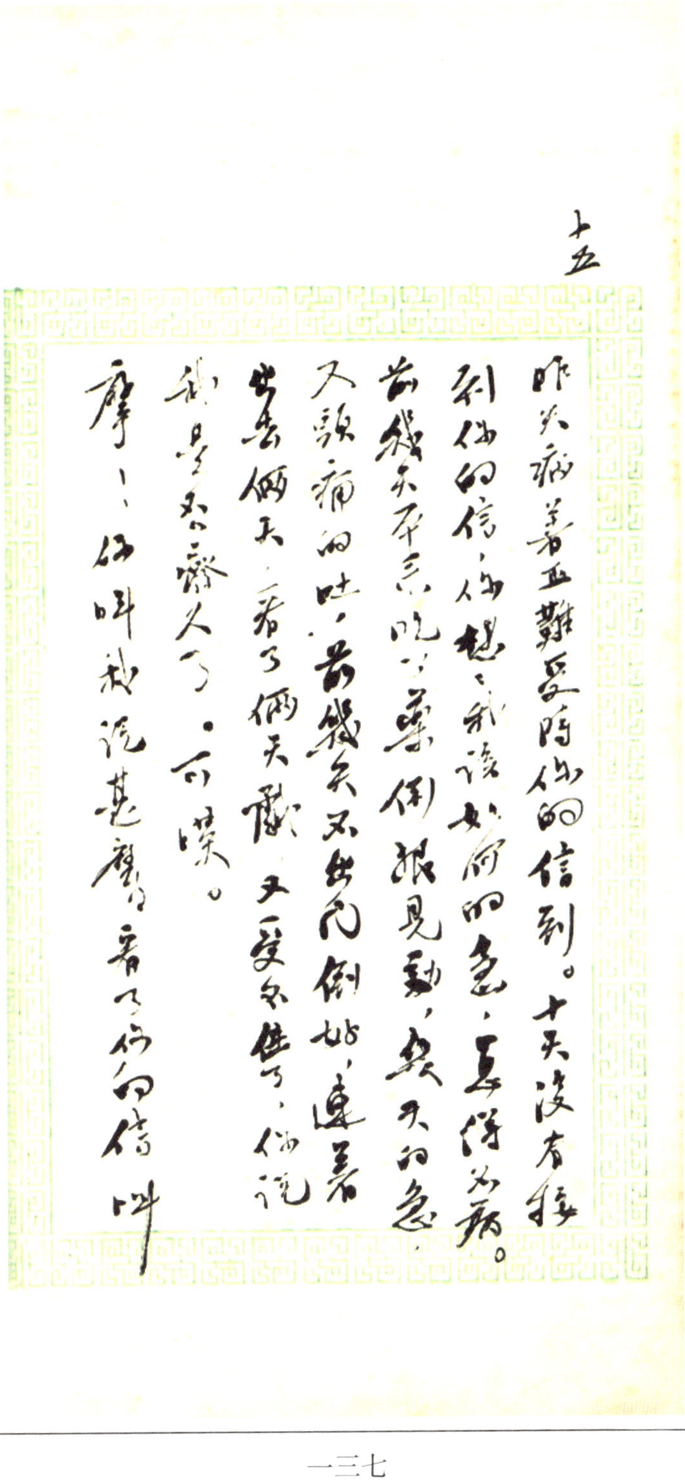

十五

昨天病着正难受时你的信到。十天没有接到你的信，你想想我该如何的急，真得急病。前几天本来已吃好药倒很见动，几天的急，又头痛得吐，前几天不出门倒好，连着出去俩天，着了俩天凉，又要发作了。你说我是不是磨人了。可怜。

摩！你叫我说甚么，看了你的信叫

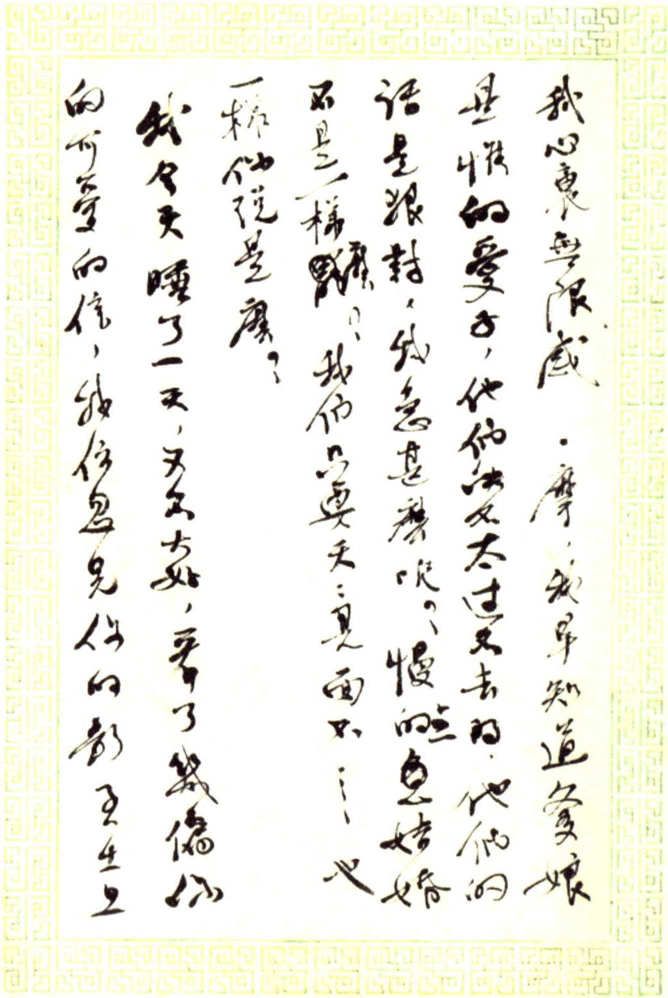
我心裏無限感。摩，我早知道爹娘
是怕的要命，他們決不太過去的，他們的
話是跟針，我急甚麽呢，慢慢的總好好
不是一樣麽，我們只要天天見面不、、心
一樣，他說是麽？
我今天睡了一天，又不大好，看了幾篇你
的所寫的信，我仿佛見你的影子在身上

十六

更多可爱呀，我不知怎样过的，仰仪真可恶，怕他几要等人家送灵的船去，叫我不得至灯节前见我的摩摩，我恨她了。我只要你，尤其是在这几天不舒服。

昨天晚上写了一点，人不舒服了，上床又是睡不着，朦胧中似觉我也在硖石做新娘，见客，穿着很美的衣服

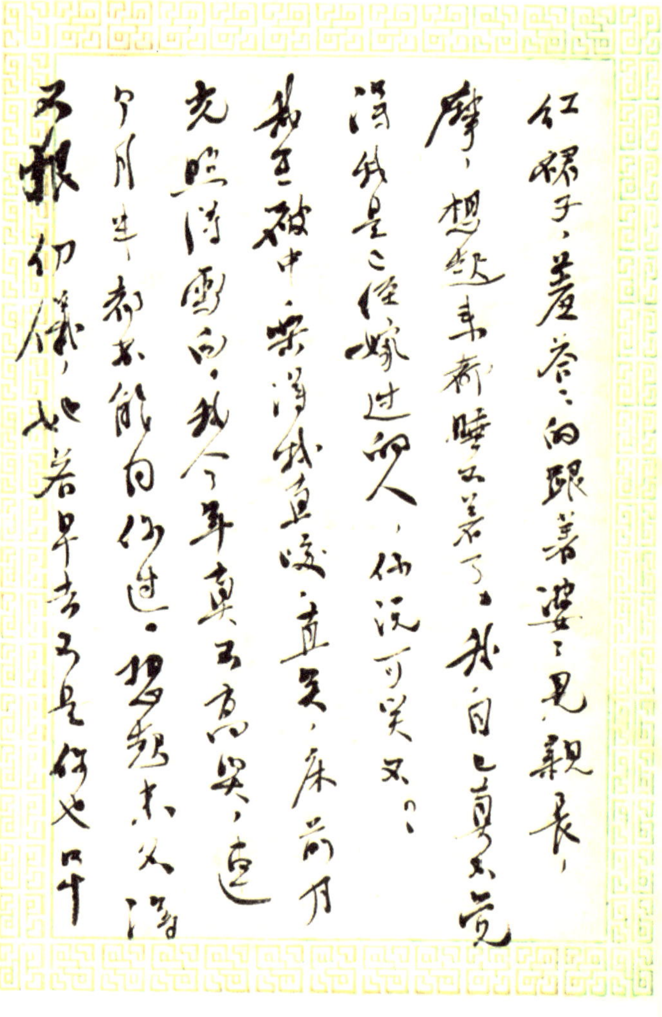

红裙子，羞答答的跟着婆婆见亲长，
摩，想起来都睡不着了。我自己真不觉
得我是个待嫁过的人，何况可笑又可，
我在被中，笑得我直发，直笑，床前月
光照得雪白，我今年真不高兴，远
多月来，都不能自作过。想想来，又得
不跟他们仪，也若早去不是什么的叶

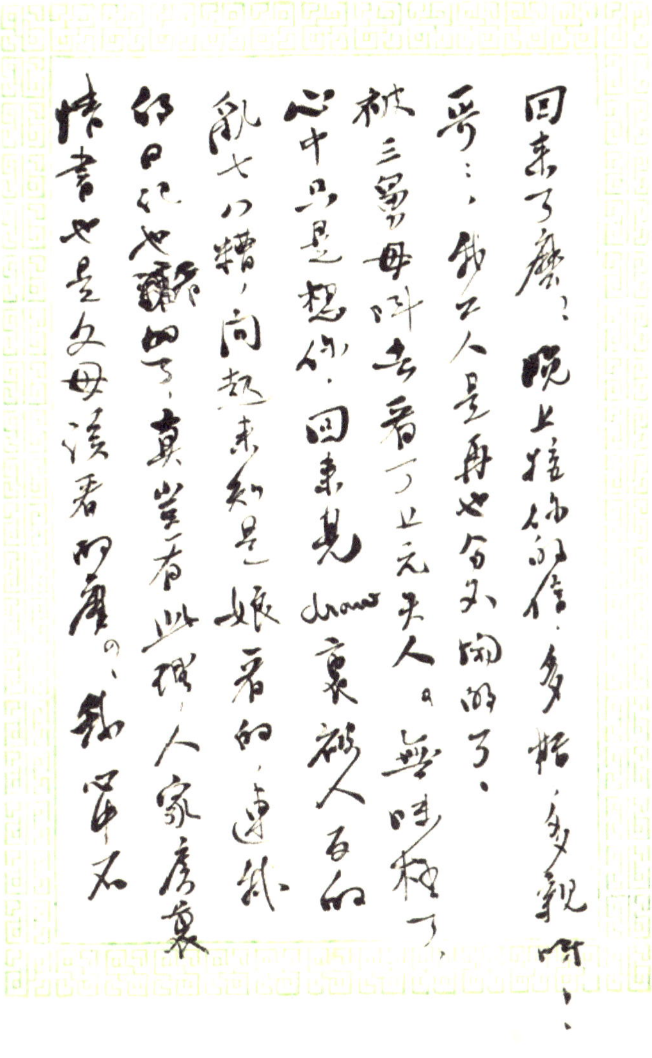

回来了么？！晚上接你的信，多甜，多亲呀！！哥哥！！我今天是再也不出门游了，被三舅母拉去看了上元夫人，无味极了，心中只是想你。回来见drawer里被人弄的乱七八糟，问起来知是娘看的，连我的日记也翻出了，真岂有此理，人家房里情书也是父母该看的么。我罪不

總有点小氣，由得人真不講規矩。

靜肅肅的文院深邃邃，再邊廂傳過有鑼鼓聲，今天是十六，我總還要等麽呢。常言說生離不如死別，我當初只不以為然，我現在才知道這是真的。我這一世愛我的人是不少，可是我自己倒沒有真實愛過一個。

慶慶

先前常出門幾月，我非但不想他反覺的清靜可愛，怕的是他不早去家。大家當且如是，我先之為不同樣的。這相思二字還是我去年他在外國時學得的呢，那時此个又學一會，後來又有朋友每天糊鬧，也就錯了些。現在我趁些都是天，難得有一兩語傳也

是無法答對，連我自己也不明白。我只望此後再不要碰着這等事情，無論天大事情，你若離我一萬里，除非天同行。你說好麼？我想將來但不能讓我一人在家，你想呢！冷天便只行……多少時……可行……寒你體諒麼？

小龍 臘冬之晨 指

什么日子我有不少的话说呢。
复摩书了一封信，写了一首古人的悲
思词，诗词甚是可情的，可是我的
行为也不读了，假面具也帮我着了。
就是我现在能自身宽怀心只情
对他的实，我本当同他一信，为怕
心伤付自过，得天付过人。

你的信我实在想了。摩，将来我们若是苦不可熬，真使我觉得又到你的信了。摩，你何以至我还前也写信给我摩了？将来我能去你家住么？他们愿意拆散我们，不理我们，我那天做梦好像我是住爹娘面前不，代你对我根害，小曼为难我，我回到房中倒在你怀

中我哭，醒来已是一身汗，我更怕的

我知道他这种人是吃不了人家的话，

我是晓的，要是闹来免不了要人几

句又是要我的命剧了。唉！谁想起来

我以报寄婚，她害了我终身，毁了我

名誉，又焦然许到现在又还来嫌

吠。这几天，月经闹得我坐也坐不着。

十七日

我去睡了。你叫我留下我的最后一句，可是
我付付醒了就走了。
方才又看了一遍你的日记，愈看愈爱，
爱！记着，将来我死后一定要放在我
棺材里伴我，让我做了鬼也可以带了，
看看，此金刚经也许可贵得多。
那时候，你是读罢，不是我永爱你

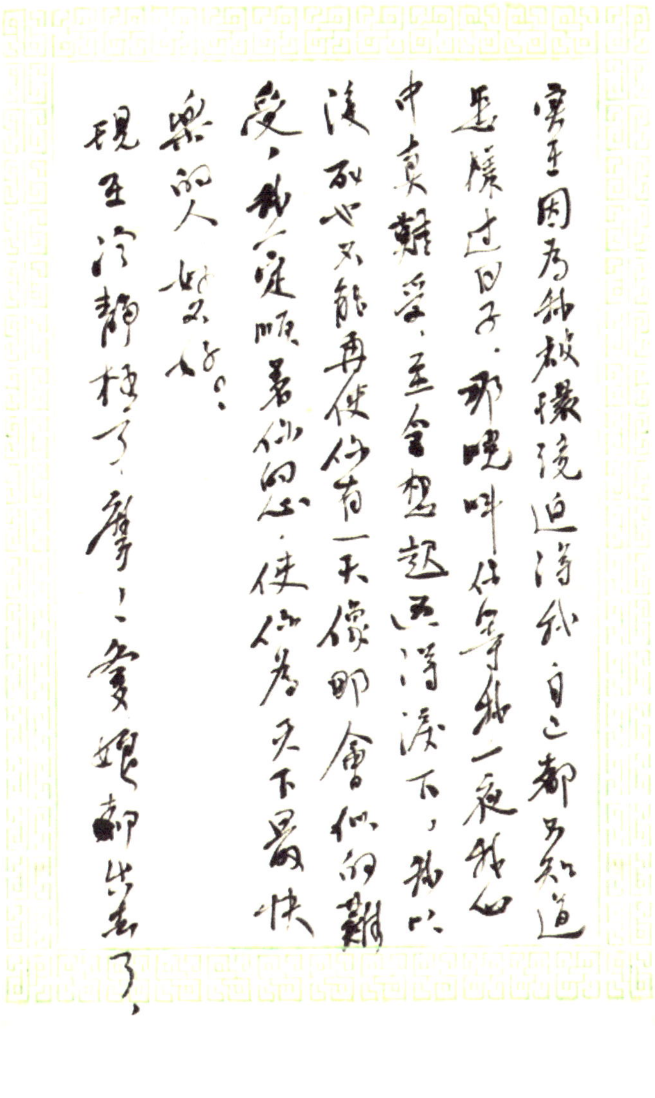

实在因为外扰扰绕迫得我自己都不知道怎样过日子，那晚叫你等我一夜我心中真难受，至今想起还得泪下，我以后再也不能再使你有一天像那会似的难受，我一定顺着你的心，使你为天下最快乐的人，好不好。

现在清静极了，摩摩爹娘都出去了，

屋裏菊花香湛湛的醉人，要然你若在我身旁，我們又可以痛痛的說個涼了，想想那味兒都叫人神往。你那邊事情又不知如何了，使我不定，心亂的事情也做不下去。我又想打電報問問你，你在上海我又不敢，算來今天仍在儀式中，你也許後天可以動身，那麼再有五天我就見着你了。唉，還不是忍耐着等着吧，凡事都

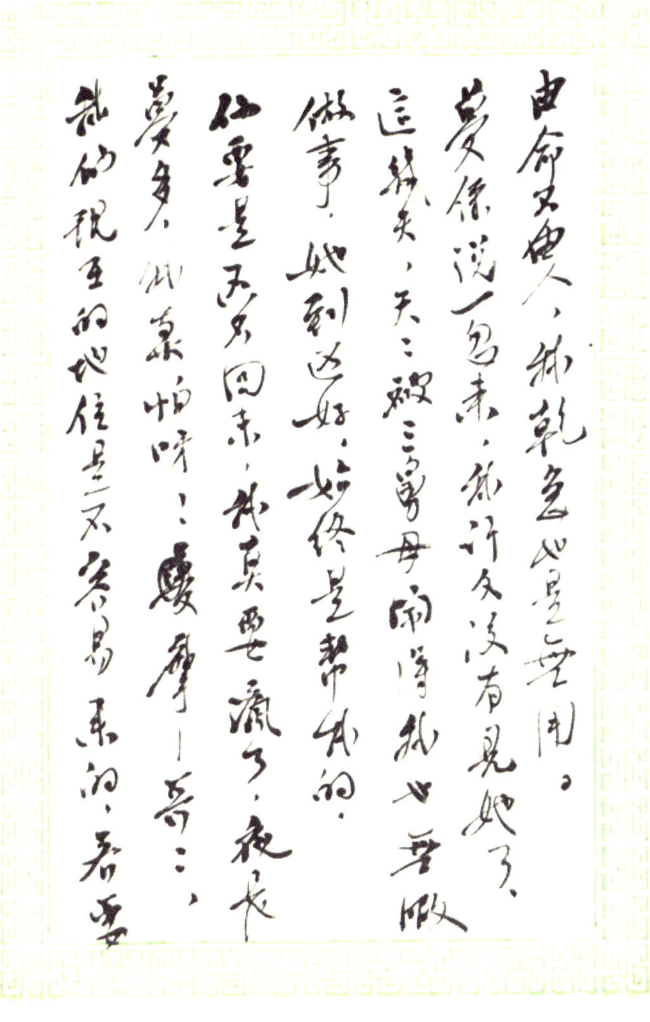

由命由他人，我就急也是无用。
曼伊说一包来，我许久没有见她了，
这几天，天天被二舅母闹得我也要做
做事。她到还好，始终是帮我的。
仙云是天天不回来，我真要疯了，夜夜长
夢多，我真怕呀！！瘦骨一寸寸，
我的现在的地位是不容易来的，若要

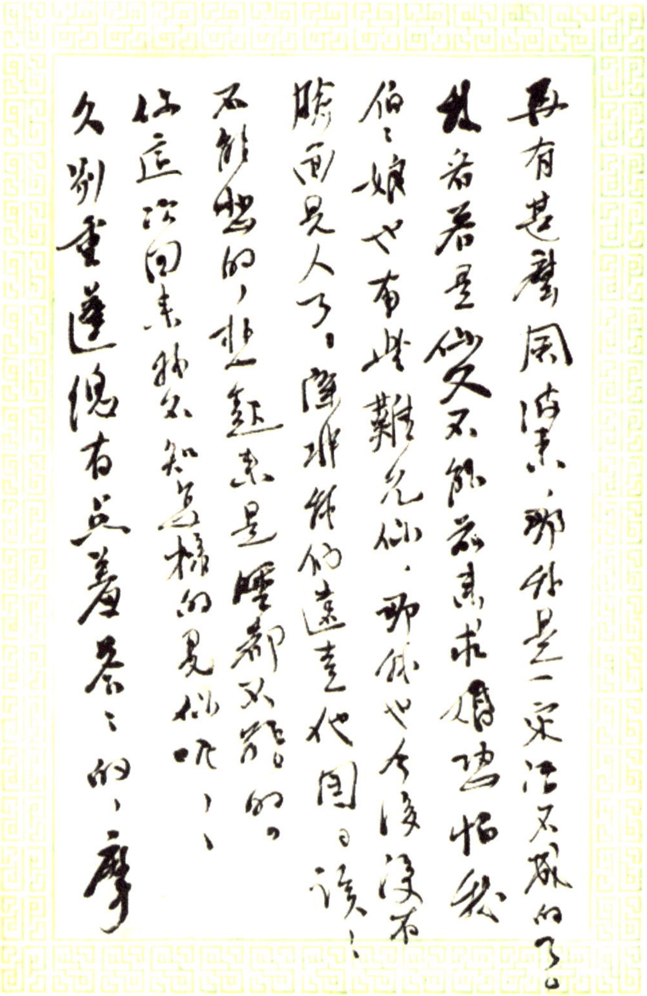

我有甚么周法，那我是一定活不成的了。
我看着是爱不能苟求媚怕私
伯々娘々也有些难为你，那你也太没有
脸面见人了。像那样的遥远代用谈々
不能想的，悲就来是哪都又能么的。
你应该回来，我不知道怎样的见你呢……
久别重逢总有点羞答答的。摩

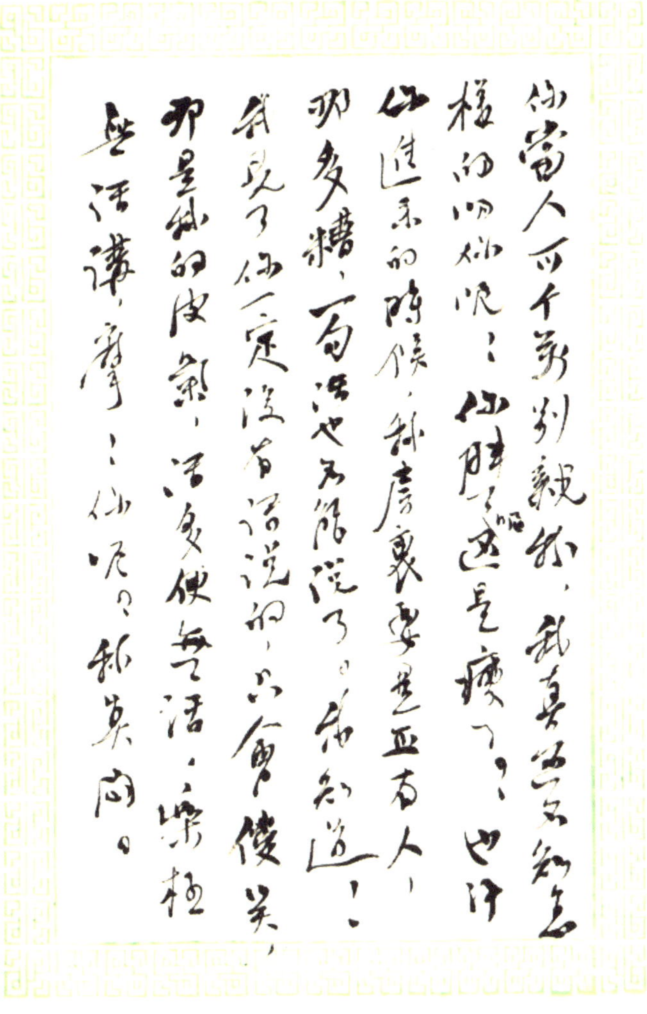

你當人可千萬別親我，我真真不知怎樣的啊啊你呢！！你瞞了嗎還是壞了！！也許你進來的時候，我房裏要是正有人，那多糟，一句話也不能說了。你知道！！我見了你一定沒有話說的，只會傻笑，那是我的脾氣，話多便無話，樂極無話講，奇！！你呢？我真問。

十日

適才翔章來一看我，他要去上海了，他直取笑我們，他說我們好得連蒼蠅也進不去縫兒，將來你們結了婚他還想來早晨我們的被服呢。你說到了那時要是真的他這樣的兩起，那多羞呀！！摩！！你想！！都難為情呀！！

你說你又望我做又寫東西，只望我

多在日記上記下點我的感想，多實說，自從你走後我的感想就是你一些吃，睡，多是你的影子裝滿了我的心，那有心再去想別的呢！！昨天晚上那真正的想得你利害，今晨又是天亮時被冲涼氣被我驚醒，看着窗上白沉沉的，院中靜悄悄的真叫別離人淚下。摩！我這幾天倒不敢喜要小瑞同睡了，因為你每刻苦苦的想你時候真要

高声的叫你，又怕她听见，只得忍着，向
叫你，那多苦呵！何时同来呀！！
昨天蒙保慈来坐了片刻，他夫妻又是
大打一次，现在他搬出去住了一晚！！唉！！
看起来夫妻真叫人灰心，为甚么过几
年俩边的性情都会改的呢！！我希望
我们永要始终如一，须学叫人人羡慕。

算起来也许你明后天可以动身了。那见面也就不远了。娘方说你近日不来呢，但你的来非是一两天可以定的，我真急煞。她又偷了你给我的日记去看了，其中还有你写的真实情态了。又知她看得些不多。我又急又恨，回来有千言万语对你说呢！！

十九

今天接着你的来信，喜极了。可是我还须等一个星期才能见你，叫我如何呢。实望你今天有电来告我归期，那知道现在已是十二点了也未见一字。明天不知怎样，你若等甲车真的又迟了，那又是要我的命么么。摩！！你为何如此不早些可了结了么么，为甚么还有许多事情呢，你的信也未说，急急来不来，害人苦

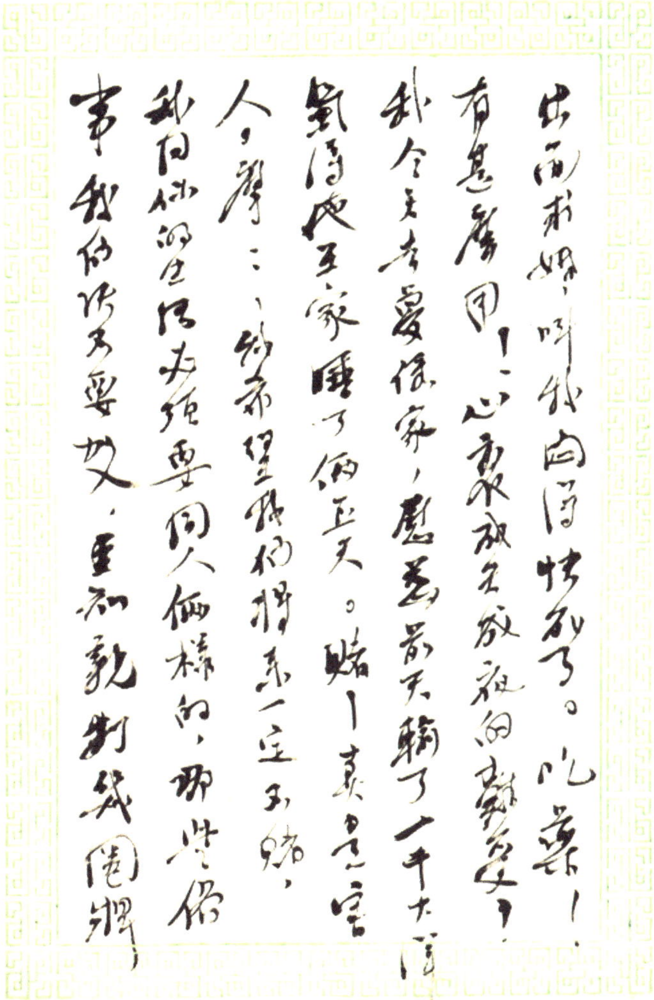

出兩和媽，叫我回得快活了。吃藥！！
有甚麽用！！心裏放不放的難受了！
我今天去要債，感為前天輸了一千大洋
氣得他至家睡了兩三天。賭！真是害
人，聲聲，你亦望我們將來一定不賭，
我同你們生活太須要同人倆樣的，那些你
事我的說不要做，更加戒對錢隨便

是知不知的，挥九万千里的又两星期了。长长，我真想同你去深山住，我们想到西湖边住些日子，我们将来去那边过几个月好不？想起来真甜，可是我怕人言，夫妻太好又会白头的，你信么？不然你就[illegible]时候假装不爱我，好不好？

昔

尚在夢中時，公雞高叫祥順，我即驚醒，即知摩必有信給看，揉眼相待，果然摩摩歸來矣。所有方角之女能執摩摩的……下，見之神往，快樂實難得，再又知上海來情願得如何，陶陶。昨晚夢保請看電影

真觉得高兴万倍来了，三友自也来同乐念书，又去看了小鹦哥表的解解，无聊极了，心里真苦思着哪！奈何，奈何。躲在热闹场中我越想你利害、寂寞，我在戏中有一阵只想哭，没有你真难受，我想起来真怕。我现在是是一想你，可是已经知道你回来的消息，那是

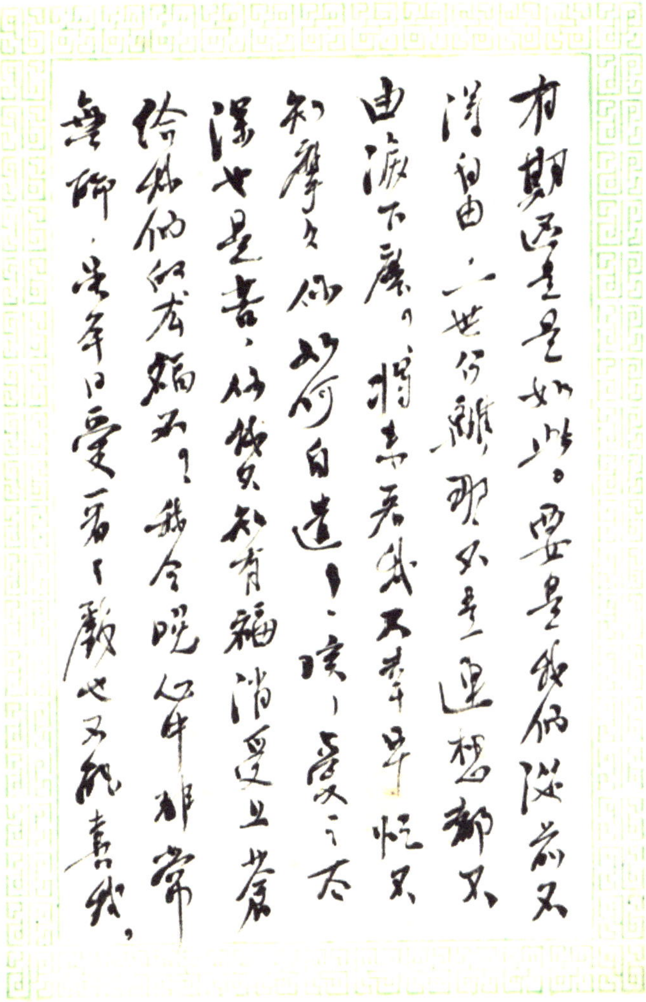

有期還是如此。要是我們從前不
得自由，一世分離，那不是連想都不
由淚下麼？將來我不幸早死，只
知摩摩他如何自遣！！唉！愛之太
深也是苦，你我不有福消受此等
恩他們似太嬌了？我今晚心中非常
無聊，半年日愛一看了，歎也又能喜我，

心裏直亂，真同她們騰踪之事！不覺又氣了一番，我想我這世所招之不白之冤不知何日才能洗盡。將來我決不再顧忌人注目了，我這幾日出去，糀了老太太們的頭，直氣得無人注意，那知人家也是回顧我，使我難堪！！摩摩！！你帶我去吧！！我不願意得的眷般無故教人享受，

是林声，一个人的，你也不顾旁人家说
我好，只要相公—你—称心，我也满
意足矣。 Mon, I am cold, my mouth feel
so dry, I want some moisture, I want
a warm clasp, I want to lying on your
bosom, and give a hot kiss, Oh! Mon,
my own, I am so thirsty, I am longing
for you, Yes I have to wait 5 more days.
Am impatient already. Yours

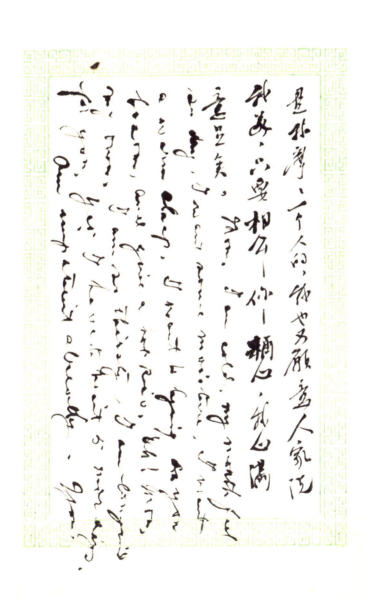

letters and photos are under my pillow.
I kiss them every time when I have
a chance. And last night I hold your
photo hard against my bosom and
slept with it. I kissed it don't know
how many times, the marks are still there.
What am I going to do? Every time when
I come back, always find the room empty.
no Mon's image. Called in vain.
Do you know how I am thinking of you?

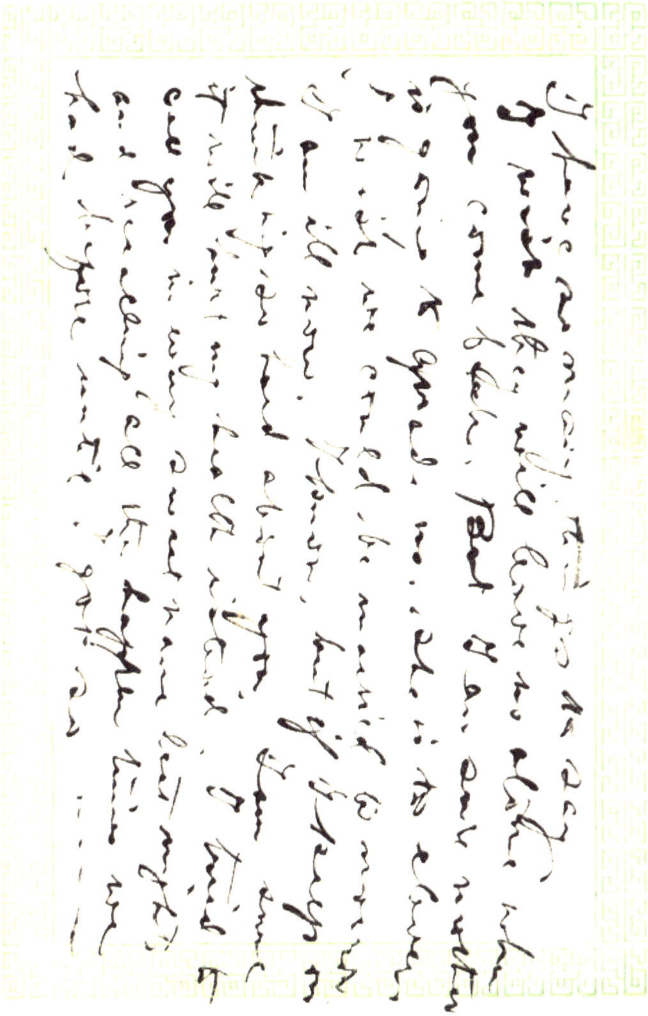

I have so many things to say
I wish they will leave us alone when
you come back. But I am sure mother
is going to spread no.. she is too clever,
I wish we could be married tomorrow
I am ill now, I know, but if I keep on
thinking so hard about you I am sure
it will hurt my health instead. I tried to
call you in every sweet name last night,
and recalling all the happy times we
had before until I got so ......

廿三日

兩天沒有寫你了，哥哥！因我自從得到你的來電後，心裏的煩悶，全都消了一些，並出了兩天，前天白天同娘看戲，晚上同父去洗浴，回來倦得無力，躺下就睡。昨天六妹生日，從上午直去看外國戲，回來又談天。今天我才送慕樂家回來。

昨天看戏时心中非常难，我同金讲，我想摩，好在此听戏，他正在那上面看着，我难过得很，他还笑我们呢，说实话，我每在热闹场中没有个不自寻烦，我总觉难过。沈先生来了，信也见着了，摩，！！天下的美女子不过得使你们颠倒么！、

一个美貌的女子就能使你神往，那你若是一个相貌不见得，只要有别的美人在旁你就能忘了你摩摩，原来如此。人人爱好是天然的，我那能使你见了别的好看的人不动心呢！况且你曼曼也不是个天仙美女，那有权力来管人家呢！你畅开说的看吧！我是不配管的。

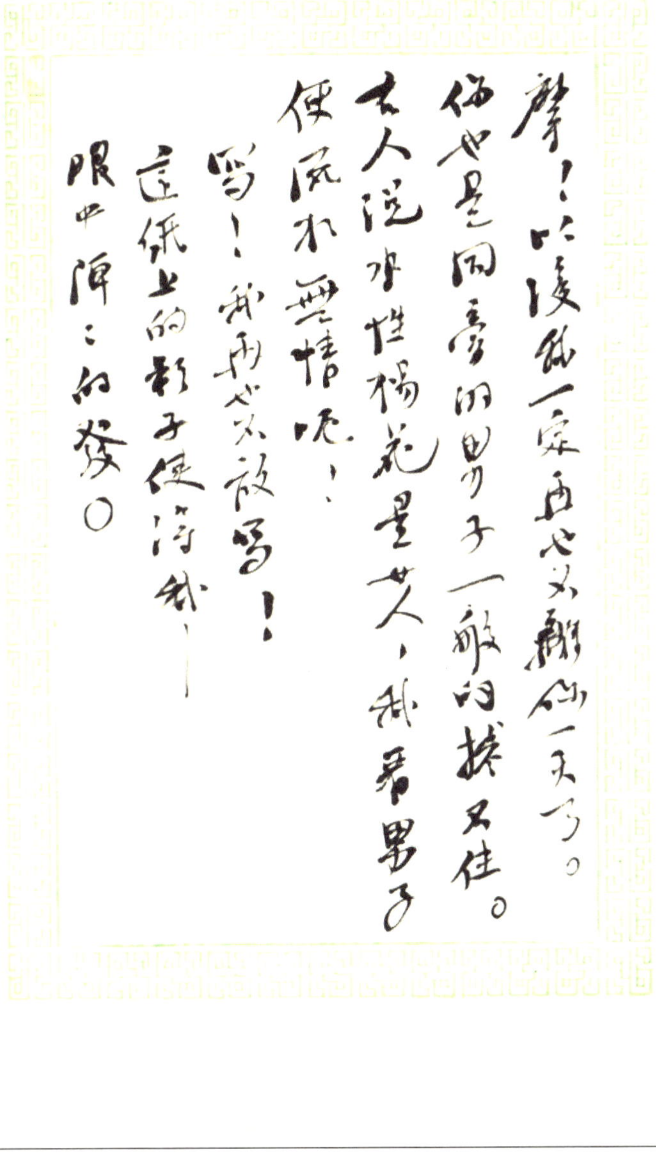

摩！以后我一定再也不离你一天了。
你也是同普通的男子一般的捺不住。
古人说水性杨花是女人，我看男子
便风不无情呢！
写！我再也不敢写！
这纸上的影子使得我——
眼中泪泪的发。

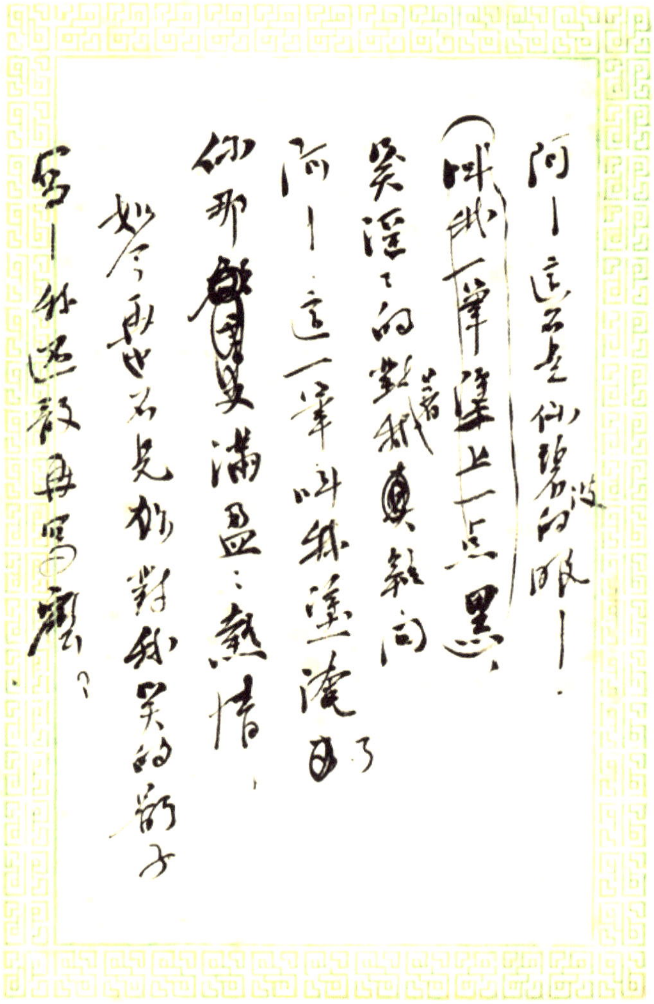
阿——这不是你碧波的眼——。
（叫我一辈子染上一点黑），
笑涯涯的对着我亲热问
阿——这一辈子叫我染污了
你那颗心满盈盈热情，
如今再也不见那对我笑的影子
写——我怎敢再写回顾？

呀！這不是你紅盈盈的香口，
半開半閉的向我張着，
在這雪亮的紙上——
再也滿不了你那急切的等——等！
用筆和墨到四處招香口的情意——
一筆！這一筆又呼我
淡墨可我正想親親香吻！

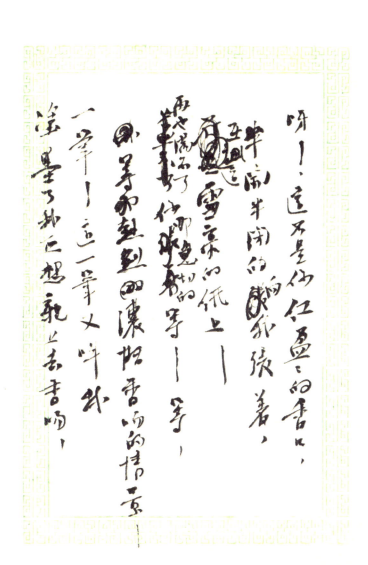

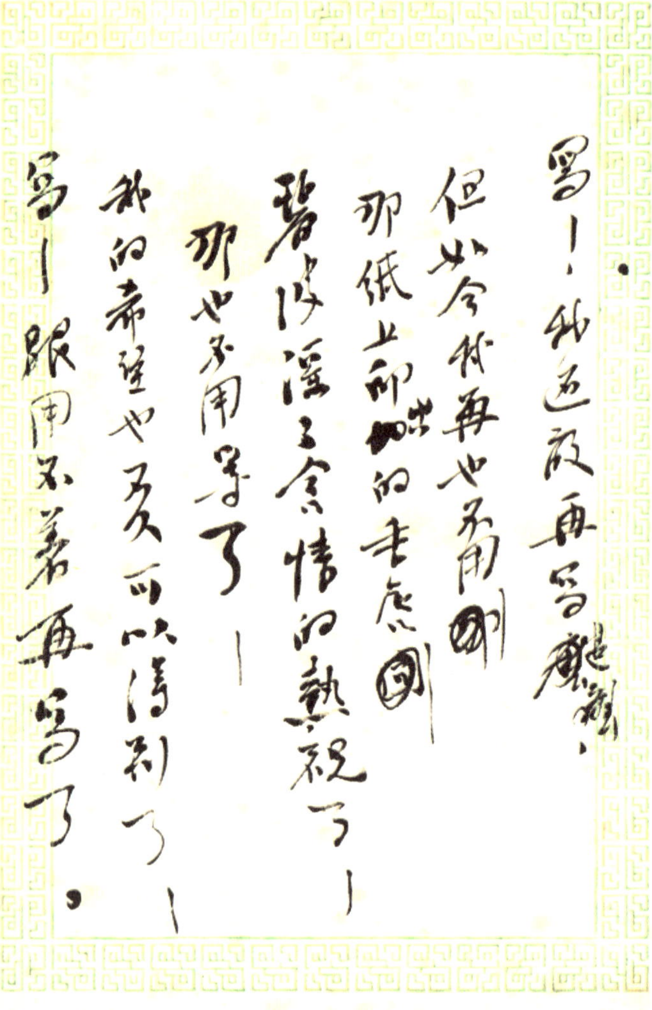

写！我还敢再写么，
但如今我再也不用
那纸上印出的[illegible]
经过深深含情的熟视了！
那也不用写了！
我的希望也反可以消灭了！
写！跟用不着再写了。

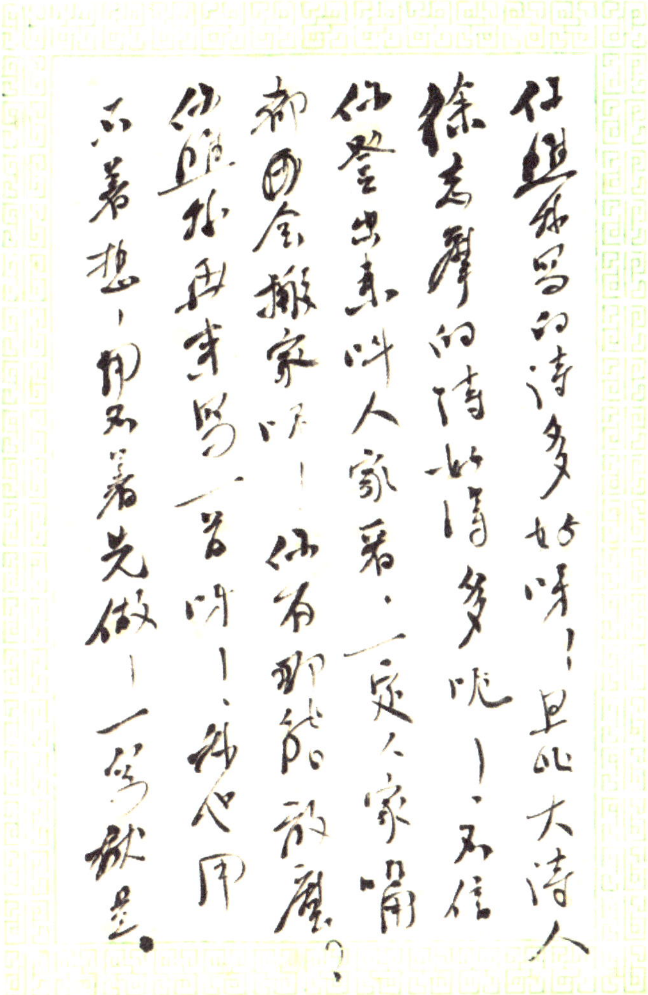

你想我写的诗多好呀！真比大诗人
徐志摩的诗好得多呢！不信
你登出来叫人家看，一定人家嘴
都因为会搬家呀！你有那能耐么？
你跟我再来写一首呀！我心用
不着想，都不着先做，一写就是。

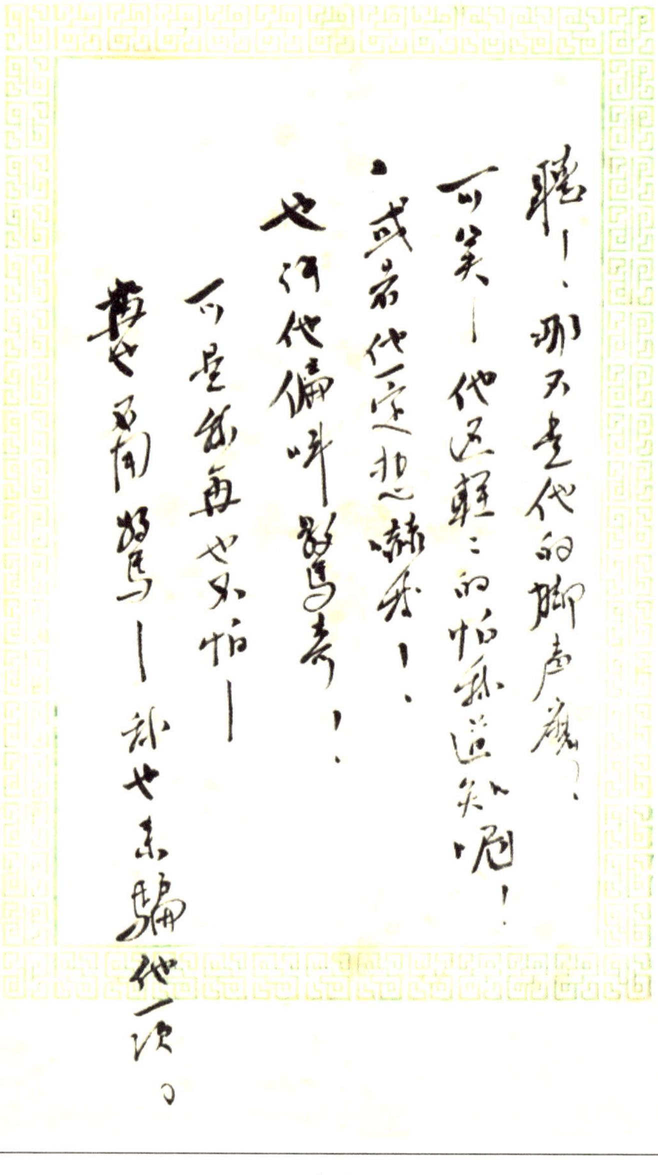

聽！那不是他的腳聲麽？
可笑！他還輕輕的怕我知道呢！
或者他一定是想嚇我！
他何必偏叫我驚奇！
可是我再也不怕！
甚不用驚！我也來騙他一次。

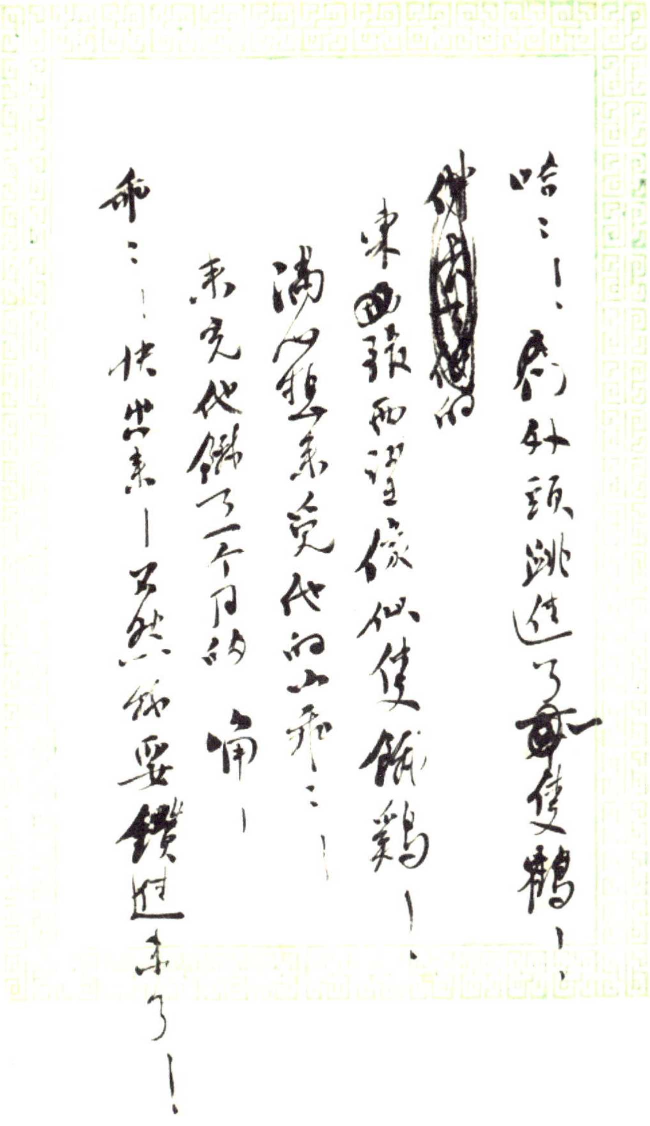

哈二！窗外頭跳進了一隻仙鶴！

~~[illegible]~~的來回踱而望像似仙鶴！！

滿心想來覓他的乖乖！！

誰知他餓了一个月的肚！

乖二！！快出來！不然我要鑽進來了！

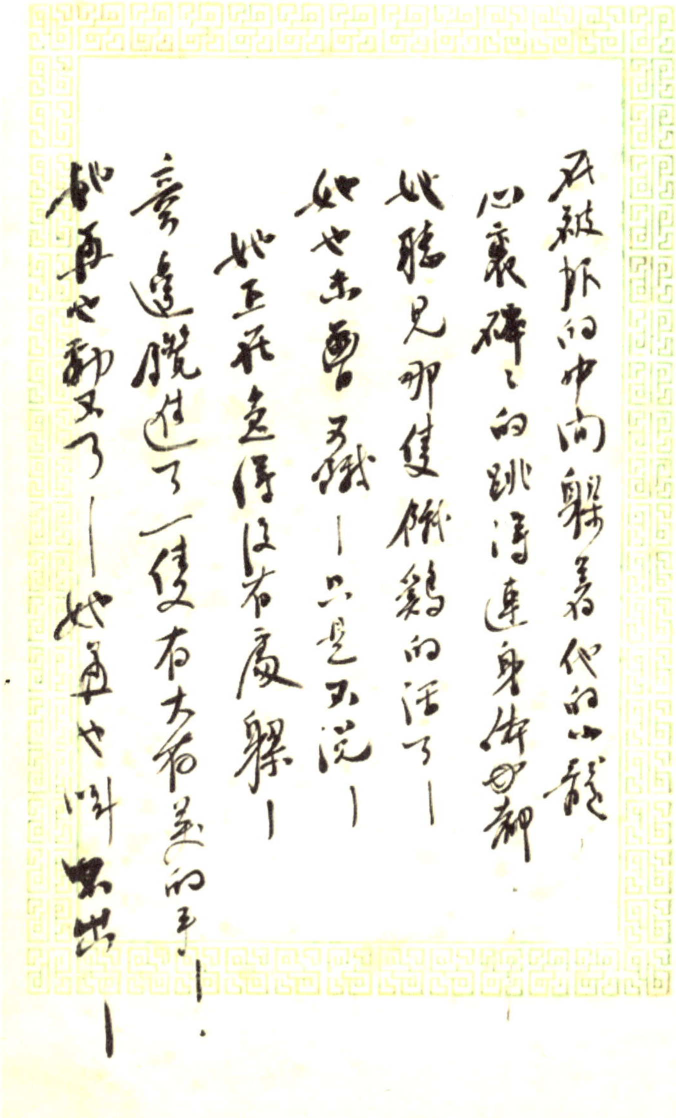

我被你的中间解着你的心靈
心裏碎碎的跳得連身體都抖
她聽見那隻倦鳥的話了——
她也未曾反抗——只是不說——
她正在急得沒有處躲——
旁邊伸進了一隻有力有美的手——
她再也動不了——她再也叫不出——

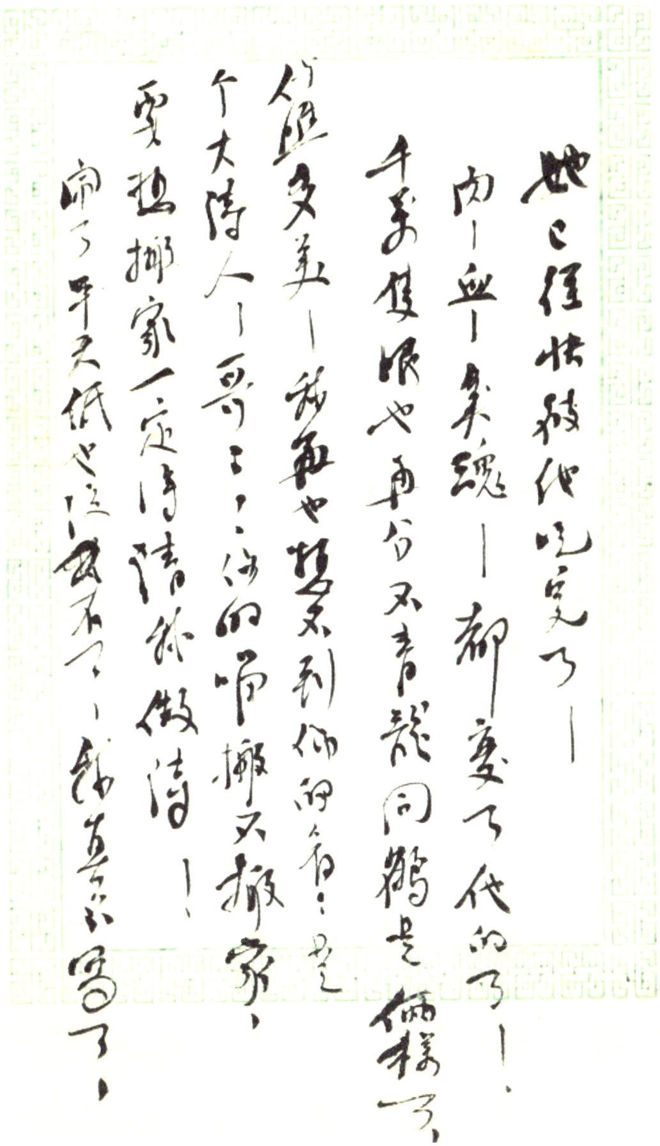
她已经枯残化成灰了—
的一丝一缕魂—却变了化的了—、
千万枝根也再分不清龍同鹤是什么样了、
你们想多美—我真也想不到你们的爸々是
个大诗人—可是你们的命搬又搬家、
要想挪家一定请诗人做诗!
闹了半天纸也沾不下—我真不写了、

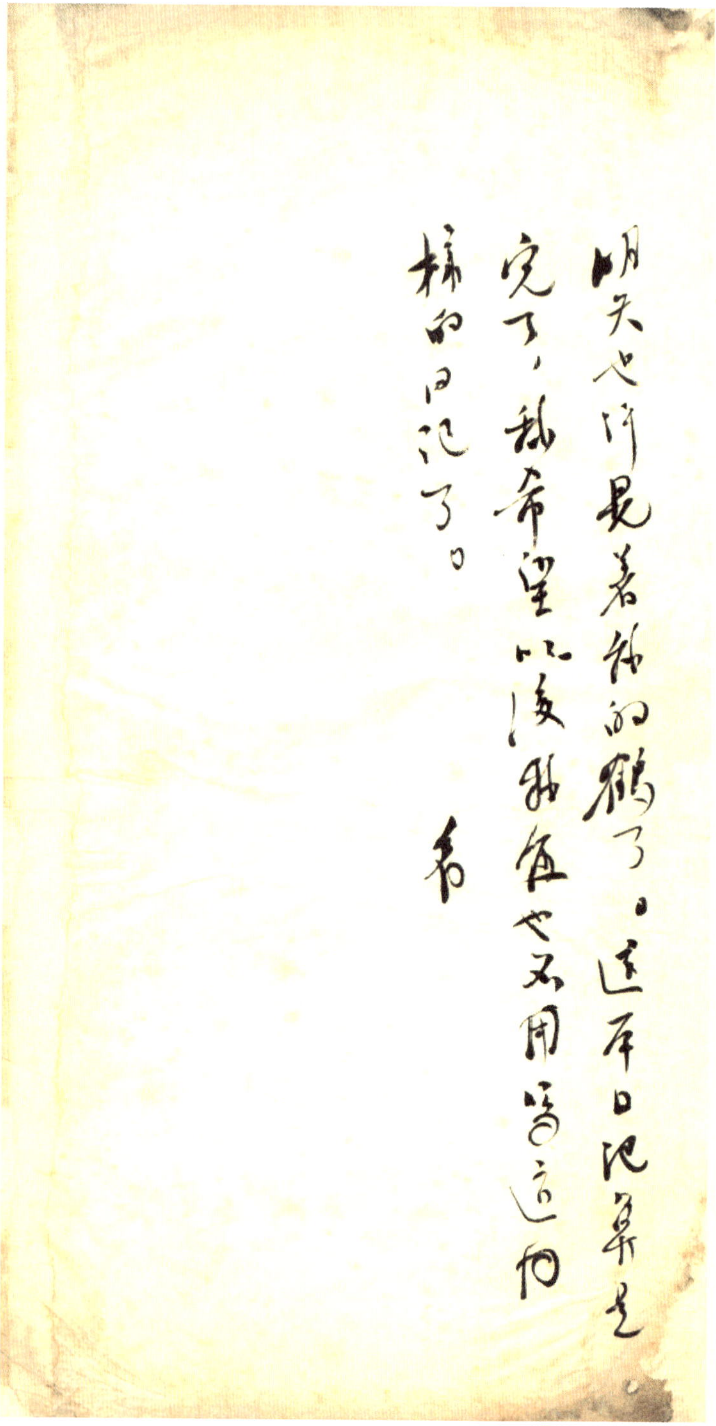

明天也许见着我的摩了。这本日记算是完了，我希望以后我再也不用写这个样的日记了。

眉

陆小曼未刊日记墨迹

陆小曼日记

注：本书所载日记内容大多采用二〇〇四年虞坤林先生在国家图书馆发现的陆小曼稿本，也有部分采用良友图书出版公司一九三六年出版的《爱眉小札》中的《小曼日记》，两者相互补充。收录在本书的日记有七十二篇之多，远远超过出版本《小曼日记》二十篇。本日记能更真实地反映陆小曼在当时的想法、情感，还可以帮我们厘清一些史实。

一九二五年三月十一日㊀

我现在起始写一本日记，实在不能说是甚么日记，叫『一个可怜女子的冤诉』吧，我一向心里的忧闷，全放在腹内容他自懒〔烂〕，现在我不拟，为甚么不泄漏在纸上，亦无人看见倒可已〔以〕稍微让心怀里松一松。

前天我送他在上火车，送他远走他乡，我心里满不愿意的去送，我心里怎样难受又不能叫人知道，我们最后的几分钟还是四面站满了人，月光多〔都〕落在我们身上，仿忽〔佛〕我们不应当这样的亲密似的，我心里一阵阵的酸，回想起来亦分不出甚么味儿。眼看着车要开了，他的眼不住的向我看。呀，爱呀！我那〔哪〕里还敢看你呢？我知道你眼眶里亦一定满着无限的眼泪，难道你会真愿意抛弃你的爱而远走他乡？这种无可奈何的事情偏偏来的多。他泪中带着许多的话，我全明白，我只不敢看他，恐怕在这许多人前泄漏了我的神圣恋爱。他，他还要来握我的手，咳，真好像一把刀在那里切我的心，我头亦不敢点，一直到车动了，他站在车边用手送吻给我们〔给我一个人我知道的〕。我才看一看就把头藏在梦绿胸前了，并不是我十分怕那炮竹声，不过借此盖去我脸要哭出来的样子，车子甚么时候走完的我亦不知道，回头就走。在马车里他㊁还说『你的眼睛为甚么红红的？哭甚么？』咳！他明知我难受，还要成心

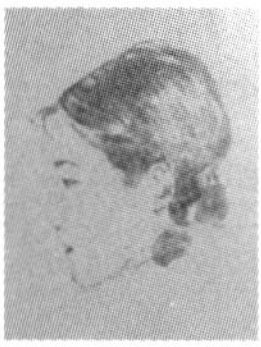

一九二五年三月十一日

来呕我，我倒亦不怪他，因为他，本来是木头人，懂甚么叫情呀。得，完啦，他走啦，无情的火车虎虎的带了他去了，我的爱！我现在才知道离别的苦趣〔凄〕呢。你去了到〔倒〕不要紧，我的心就不过丢了。我这孤单的心去向谁要那温存的安慰呀。我只能冷凄凄的等着吧！咳，天呀，我等，等到几时呀？亦许我等不到我的『那一天』便怎样呢！好危险呀，我得去撞、打，挪去那一切可恶的东西，我回家后收拾了一下他给我的东西，他的日记同他心爱的信，我亦看了一遍，日记我没有敢看，恐怕没有什样的胆量，可惜这样一个纯白真实的爱，叫她生生壁了回来，看得好不生气，难道他亦因得女人的苦么？许多女人老说男人怎样的看不起她们，她们亦不想想自已有令人看得起的地方没有？我说不然女人亦有怀〔坏〕的，有种男人可以拿他嬉玩的，有一种〔像他似的〕难道亦叫人看不起么？那她还不如拿镜子先照照自已的脸吧。他还说他不敢侵犯她，她是个神女□，我简直不用谈这件事吧，我说起就发抖。

昨天一日在广济寺伴和尚们念经，家里在那里做佛事，我这几天的心里是难受到无可再可的地步了。再到庙里去，耳边一阵阵的风吹来的钟响，禅声，叽叽咕咕，好不凄惨。我老眼泪往往〔汪汪〕的同人家说话，娘直问我为甚么难受，我只能说『心里不高兴』，她是明白我的，两眼向我看看一言不发。到晚来殿里和尚么，那〔在〕那里放焰口，庭前石栏杆上被银月照得雪白，只见树枝映在地下，摇摇摆摆，同我心里一般的摆想着，里边出来的叫魂声同月光惨淡的颜色，使得我忘却身上的寒冷，独坐在杆上发楞。我那时心里真空，想想甚么事多无趣极点，做了个人本来已经无味极的！又其遇着我这等的境遇，我既不能同我的恋爱同享那理想的娱快，过我一直切想的日子，我又为甚么不搬弃这万恶的社会，去过那和尚一般的生活呢？我心里觉得空极了，到〔倒〕亦没有十分的苦楚，因为随便甚么事看开些就不觉得有十分快活同苦楚的。我楞楞的独自背人坐在月下，糊〔胡〕思乱想被娘来叫醒了我。咳，见了她老人家，我心里不由的甚么丢开了，她年已半百，身体又非常的弱，不在这几年内尽我点孝心还等何时呢！我等着，耐着吧。

今天早晨他去天津了，我上了三点钟的课，先生给我许多功课，我得忙起来了。这两天，自从他走后，这世界好像又兑一个似的，我到东到西多觉得没有意思，娘说『你有多大的心事终日咳声叹气的』，她们又那〔哪〕里知道我的心呢，我想他现在不知在何处，记〔计〕算起来是在哈尔滨？今天晚上我可舒服了，一个人，呀，好难得的机会呀，昨天从庙里回来人是乏极了，倒上床上心里隐痛同日开客头的，一起涌上来。我心里叫着他，远在几千里路外的他。面上假意的笑对着近在咫尺的他，咳，我的天呀？再这样下去，怕我不长了吧，我真不起了，精神上，身体上，同时的受苦，又有谁能怜我爱我，明白我呢？淑华今日来信，安慰我，我感激极了，她亦明白我了，今晚不写了，明日课毕就给他写信。

注：㈠此日记据原稿本摘录。

㈡他，指王赓。

一九二五年三月十二日㊀

今天足足忙了一天，早晨做了一篇法文，出去买了画具，饭后陈先生来教了半天，说我进步一定快。方才给他写了封信，情长纸短，写了九张亦没有写完。唐三伯母送来糖果等，又约我到寄妈家去，我已回复，她们多很生气，可是我亦管不得这许多了，梦绿亦叫我去，我亦回了。

饭后看了几张他的日记，又难受了一回，他拿她二人的照像合在起，我真不要看，说出来多可笑。

可叹我身〔生〕平是个最高傲的人，偏偏遇着这等环境，有气亦不能吐，有冤亦无处诉，我自从觉悟我没有得到我理想的期望。虽是心里难受，脸上从不愿意叫人看出，处处自己强自瞒着。

装出快活的样子，忍忍，忍到无可如何的田地，上次发生的事情亦是我一时性急，要想离开苦，不知事未成，到〔倒〕叫社会人误解了我的意思，可叹的狠，我真愈想愈无生意。我这两天灰心极了，在他身上亦不想有多大的希望，他的心里的真爱多给了她了，我愈想愈不当来破入他那真情破网里。

他虽然失意，可是他的情仍未死，我为甚么去绕〔扰〕乱他。你，为了她成就了他的人才，造就了一个中国名人，亦许我来破坏他？嗳！不！不！我可不，我宁死不能害他。那天酒后满想吐出真情，同他远走他乡，可是他的前程，他的名誉惊醒我的妄想的梦，提醒了我的痴梦，我忍害他么？我这一世已经招了不少不白之冤，我难道连带着他么？我回想我所经过的事情，将来写本小说泄一泄我的冤气，不怕，我一定做，就是他不许我，亦得发表出来，我心里的话我多敢写上去么？试试再说。

注：㊀此日记据原稿本摘录。

一九二五年三月十四日

昨天忙了一天，早起就叫娘来赶了去，说要到医院去，可是总久〔究〕亦未去成。吃了饭回家同他写了一回信。淑华来了，想不到一直谈到晚上十一点钟她才走，实是大家相恨见得晚。

一九二五年三月十五日㈠

可恨昨天才写了一回儿他从天津回来了，一天忙得没有功夫，梦绿、适之、慰慈，多（都）来过，七点多钟才走。下午我又画一会儿画，以为他昨天不回来的，预备着晚上好好的写一写的，心里无限愁闷，想漏漏出来，那（哪）里知道连这点儿机会都难得。前儿晚上同淑华谈过天后，真叫我说不出的一种味儿闷在心里。他又远在他方，无从问起，总之愈过下去愈觉得我的前途茫茫，我此身正比在江心，四面无边的，我那种苦楚亦说不出来。他呢！他真爱我么？尊敬我么？我老怕人不敬重我，那是最使我伤心的。淑华说，当初你们多（都）看不起我的。咳，若是他曾经没有看得起我，现在我何必要他爱我呢？我真生气，况且他亦爱过她（菲）㈡的，人家多不受。得啦，我的心是最软软不过的。我虽怨，可是我偏可怜他，因为她们多太自傲，男人固然是多半无情的，那些厌喜无常的男，是因（应）当玩玩他们，可是有的人（像他）还得受像她似的人的冷眼，那岂不是太不公平了么？那天淑华走后我倒床就笑，自己亦不知是甚么原因，我想他是大半，为甚么这一个礼拜过得这样慢呀！要这样的过下去，等得到那时间么？他给娘的那封信，看得我肝肠俱断，他那片诚心，不怕连日车上受的疲倦，深夜的还赶着那封信，不是他爱我是甚么？我知道他不定怎样的难受呢，可怜给我的信又不便多讲，实在到（倒）不要紧的。今天早起料到他有信来，因为晚间得一梦，说他来信啦，可被娘看见，我一吓就醒了。我但还一天睡到晚，在我的梦乡里，我多快活呀？他老在我身旁抚摩我，慰我，给我许多的梅花，又香又红又甜，往往醒了就哭，可是哭又有甚么用呢？他……他还是远远的一直往东，在那里走着。我么还是一个人，有时候没有机会是一个人，那时间真恨不能飞，飞到天空无人的地方去。我方才念他的信，心里一阵阵眼泪上来，难受格？咳！我早知道他一定要觉得冷清的孤孤单单一个人在外头亦没有人骨。如何，他最不留心是冷热，过（果）然又在车上招凉了，我真放心不下，不知道有甚么法子可以使得他自己当心点。他近日常常不舒服，我知道他心里不快活，所以身上亦觉得不爽，我真恨，我不敢在人前十分当心他，不是旁人又说闲话么？今天是礼拜，我有了应酬，非去不可的，若不去娘就生气，真没有办法。受庆他现在出去吃饭了，怕他不久就要回来，连个写信的机会都少，真可气。明天早晨须上学，功课还不会呢！她叫我肯狠常的文法，苦死了，我心又乱，念念书又想到他，他的脸常常跑到我的书上来的，真奇怪，又〔有〕时还一阵阵的伤心，真想哭。她们后边的人又出来同我讲了一个多钟话，拿我的寸金光阴又耗费了，再等一忽儿他又要回来了，我的心亦没有机会来静静的写，我真恨死了。恨不能立刻就死，甚么事情我看着都不入眼，想他亦白想，咳，『我的哥哥！你快不要太想家吧，我希望你在外头不要过愈难受，我亦觉得的。』淑华说，凡为夫妻的没有一个有真情的，要是爱，不如干干洁的作了精神的爱，一旦成为夫妻，往往爱的多要反为怨的，我想这话倒不错，不过这种话在小姐可以说，可以做，要既出嫁的人那就愈难辨了，如不爱她的丈夫还得天天受他的〇〇㊂，那岂不是太苦了么？可是什种话对她们小姐是不便说的，她们亦未必懂。我曾记得从前亦有人同我说过，我到〔倒〕一点亦不懂夫妻的关系。咳，你一个人走不是太苦了么？咳，我简直不能想，想起来直要哭，我又不敢，怕人说我无故啼哭，天呀，我真希望她们多能知道我的心。

我今天写了恐怕明天又无机会来写了，明天我很忙，早晨须读书，完后陪娘到医院，要到三点回家，又得去妹妹家，她骂我不去，我非去看她一次。晚上是法国人请客，真是说不出的苦，事情都是我所不愿意而必须做的。

注：㊀此日记据原稿本摘录。
㊁菲，即徽的谐音。下同。
㊂原文如此。

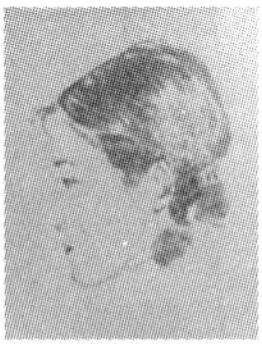

一九二五年三月十八日㈠

你瞧，一下儿就连着三天没有得机会来写，十六那一天本来答应妹妹去她家的，因为唐三太太的生日不能不去的，那天碰着寄妈，她说了许多话我听气极了，她说：『我听说徐志摩爱你极了，他走的时间还给你留下二千块钱叫你念书呢，是么？』说的时候还带着似笑非笑轻薄人的样子，我虽然脸上没有露出气的样子，可是心里真是又痛又气，我就说：『你不要瞎听人家造谣言，他为甚么要留钱给我呢？你亦不必瞎疑心。』咳，外头人的嘴可危险极了，难道他对人说过么？咳，吾爱，我悔不该问你借那二百块钱的，要说呢亦不要紧，可是我心里难受极了，她们现在因恨我而骂我，不知道她们说到何等田地呢，我亦管不了这许多，不过我不愿人家亦拿他来说在里多㈡，害他做甚么呢？我一个人受罪我倒不怕，我处处总为他想，我又爱他，我又恨他，恨他为甚么不早来，我们为甚么不早遇，既然不幸在这时机相遇，为甚么又踏入那千年辞不开的网里去，可是早四年他那〔哪〕得会来爱我，！不是我做梦么？我又那〔哪〕儿有她那样的媚人阿〔啊〕？我从前不过是个乡下孩子罢了，那〔哪〕儿就能动了他的心呢？得啦，我又来说些这个有甚么意思呀。这几天受庆亦不出门，可〔所〕以我简直没有时候写东西，看见他我就心烦，甚么事多不想做了，昨天又在新月社请了廿几个美国军官吃午饭，我真烦死了，我最恨的是同外国人吃饭，下午适之、梦绿、慰慈、溪若、道宏都来吃饭，因为上午多了一桌菜，所以正正〔整整〕的忙了一天，到了晚上人散后我只得躺下了，连日身体被〔疲〕乏，又极力的应酬人家，正有点吃不住了。满身骨头痛了一个礼拜还不见她，不知是何道理。受庆还是照常的不能体谅我，我真恨呀，逐〔遂〕了他的所欲，他还以笑颜相待，不然见了他那冷霜似的脸，心里好似刀刺。一种是一天几分钟的罪，一种是一天到晚的。所以昨晚我又摇头闭眼谁〔随〕他去了，说他做甚呢，这次已经大面情了，因我病给我养，有四天了，不说罢。

淑华明天请我吃饭，有适之、歆海、通伯等，在她家。今天是受庆去开会去了，我方从娘那里回来，我今天没有上学，因我听弥又到北京了，我倒有点不敢独出去，倘若遇见他，他倒又来强我前去说话。——妨〔方〕看完他从海拉尔寄来的一首诗，咳，我难受极了，他，他一个人冷冷清清的在我的天边。他都苦呀，一定比我还难受，我可以提笔泄出我怎样的想他，他那信里隐隐约约的话里却有意思，我虽是渴想他能明明白白写出他那片对我的诚意。可是我不敢叫他写，现在受在家，若是不幸叫他见了，岂不是不好么？我还是忍耐着吧，他愈走愈远了，昨天我不留神说：『这礼拜为何过得怎样的慢呀，』适之他们都笑起来了，我亦知道他们不好意说，我可是心里都明白，被他们笑得我脸红耳热愈法的难受。本来就不受用，这一来真错一点哭出来，我这种动失常的样子真怕他们说闲说〔话〕，希望他们不要常来呐。咳，他在车上不知冷不冷，真不巧这几天格外的寒，仿忽〔佛〕冬天，边界那方一定根〔更〕凉，我想起他的洋服膀子又短，大衣亦短，脚膀上一定要受凉的，走的时间没有见他戴手套，不知买没有，他俄语不通一定吃苦不少，我愈想愈不放心，真奇怪我从没这样想人家过，真可笑，我不想啦。

这三天我一心一意老想记日记，可是老没有机会，真难受，那坐立不安的样子又出来了，亦没有做甚么东西，不过做了些法文的『文』。还背了几首法文诗，别的都没有做，对啦，还画了几张画呢，同淑华写了一封长信，我有点纳闷，他爱她么？我想他亦许爱她，我狠不要立刻拉他来问个明白才心死呢，我真想他，唉，不写这个呐，给他写信去呐。

注： ㈠此日记据原稿本摘录。

㈡里多，里面的意思。

一九二五年三月廿日[1]

昨天才同他写完一封信，翊唐来了，谈了半天，他倒是狠〔很〕好的一个朋友，他说他那天在车站看见我的脸吓他一大跳，苍白苍白的好像死人脸，我那天怎能好看呢！他还说女师范等多知道我要同受庆离婚的事情，还好多数人都原谅我的，她们亦又许多造我们的谣言，他走得真好，他这一走，外头都说『他们若有爱情他这次一定不走的』，真可笑，可是外头人的嘴太坏，无事生非的老喜欢多管人家的闲事。我亦不知犯了甚么罪，处处招人妒，无论男女多爱拿我当谈话的滋〔资〕料。翊唐亦说现在是我脱离的好机会，可是娘呢！咳！娘呀！你可害苦了我啦，我恐怕为她我亦许就牺牲了我一世的幸福，等她百年之后，我再作道理吧，这几天心是死了，灰了。有几件事情四面听来的，使我死心到极点，说来说去终归到他一人身上就是，我若是忍着痛苦照样的过下去，是只苦我一人，娘可以安心，亦许更快活，受庆随便，社会不骂，亲友不笑，我的忧闷外人本不知道的，所原谅那几个人亦不足以去抵抗那一般人，我若是惊天动地的来一下子，那我本人是不必说幸福极了，可是父母就要因此亦许伤身，或是不认我，亲友冷笑，招社会的白眼，还要说我倒来败坏风化，思前算后，我怎么的办呢！先不说了。

翊唐走后我就去接了妹妹，同去淑华家，吃饭的时候才知道淑华的生日，是通伯 anouce[2] 的，可见他同她的友谊甚深，她为甚么不告诉我们呢！回家时歆海送我的，他在路上就骂我，他说还要打我，因为我同外人说他的闲话，我起先奇怪极了，我同他说：『我在外边不谈你的闲话的，我亦狠少谈起你。』真的，我那儿就想起来他呀，在车上离得老远的亦说不清，到了门口他进来坐了一忽儿，我说是甚么呢！原来是为了给菲打电报的事情，亦是我的不是，那天同淑华谈天，我们说的是他，我因为气极了我就告诉了她打电报的事情，淑华答应我不讲给旁人听的，那〔哪〕知道她同通伯说了，通伯又不知同谁说了，他们就问歆海，他就气得要命，来找着我啦，我后来讲给他听，我说：『她那样拿

你们玩儿你们还想瞒人么，这在你们脸上虽没有多大羞，说说出来亦好让人知道她是怎样的人，到这时候还要这样的办么』，歆海说他到〔倒〕不痴，他可怜你太痴，他接信的时候他早就知道别人亦有的，所以他在电报局里知道你亦打了他并不惊奇，是在他意料中的，他知道你一定以为是你一个人有的，所以他才告诉你，他是希望你不要再迷下去。你同她的关系他都知道，菲真太坏了，自从你在伦敦给她的信一直到她临走的时候，她全份都歆海看了，没有一封没有看见过，咳，何苦呢，我真气极了，他要求我给他看她那封长信，我昨晚没有答应他，我问他：『你要看那封信是甚么目的，为你自己呢还是为他？』他说：『为我们俩。』他还以为你法〔发〕痴呢，想要救你出来，因为他知道她比你利害，他亦要我看她给他的信，让我知道知道她的『真人』，咳，我可怜的爱呀！人家都比较明白，都比你坏，你为甚么什〔这〕样的痴呀！歆海临走的时候说『志摩有 hope』[三]。呀，这是甚么意思阿！难她爱他么！他今天还来呢，他答应我都告诉我的，若是她真爱他那为甚我来夹在里边呢！本来他始终亦没有不爱她，我呀，我还不是个解闷球儿么！有甚么真情呀，我亦不要妄想了，我说人家痴，我才痴呢！

歆海来过了，他才走，坐了好久，同我讲了许多话，倒看他小小年纪比你还利害呢，她给他的信我亦见了，简直同给你的完全两种口气，今天歆海看完信，他说：『这样看起来志摩没有 hope 了[四]。』他亦说起他听见外头的 gossipy up[五]，那天我吃酒，他亦知道是为你，或是因为我恨受庆，他到〔倒〕没有说甚么，他说他爱你敬你在同一个时候。我心里恨极了，怨极了，痛极了，我简直说我是完了，我看前途的希望是狠〔很〕有限的了，他的一邦〔帮〕朋友都是敬他爱他的，我一定不能让他以后因我而失信于他们，我现在一点主意亦没有了，我的脑子亦快想空了，我且让她歇歇吧，我来讲些别的吧，歆海讲得菲真有趣，他亦同他一般的痴，她果真有这样好么？一个女人能叫人在同时敬爱，那真难极了，有一种人，生来极动人的，又美又活泼，人人看见了能爱的，可是狠少能敬的。我的人的本性是最娇〔骄〕敖〔傲〕的，叫我生就一种小孩的皮气叫人爱而不敬，我真气极了，看看吧！我拼着我一身的幸福不要，我定要成个人材，叫人又敬又爱才好呢。唉！我真想他能回来，我的生活习惯都是为他改的，他既爱我有天才，能发展出

来，我又为甚不呢！我今晚不写了，吾的爱呀，我怕有一天，我将我的真情要藏起来，不让你知道，只让我一人受我的苦，好在我预备牺牲的，我决不是个自私自利的人，明天再说啦，我此刻要给淑华写信了。

注：㊀据稿本摘录。
㊁宣布的意思。
㊂㊃希望的意思。
㊄闲话。

陆小曼未刊日记墨迹

一九二五年三月廿一日㈠

今早起来甚迟，因为人觉得不舒服，腹痛腰酸，真难受极了，昨晚苦思哥哥，看了半天 guess 亦是去不了我的思愁，后来不知怎样一种冷清的影况使得我朦〔蒙〕被大哭，连声叫着他，他又真在火车里走着呢，那〔哪〕儿听得见！我真难受，他知道么？我真希望我以后能老是一个人睡觉，哭亦好叫亦好，多有我的自由，每会我独自睡的时候，我终有一种说不出的安勉、自然，那种愉快是说不出的，咳！天不知几时才找给我这得清福呢！他今天有〔又〕要回来了，我又得不安了，连我的睡梦都不能安勉的，当他在家的时候，一点小小的声音往往就吓醒了我，老是心惊肝寒怕又说不出来，他亦真笨，一点亦看不出我厌他的样子，妨〔方〕才同娘去看病，在车里谈了一会儿话，她始终还是帮着受庆，她说他不嫖不赌，没有甚么坏处，不过皮〔脾〕气不好而已〔已〕。咳！他那〔哪〕里明白我们少年人的心呀，以为有吃有穿，做女人的就该心足，她对他离婚的事情始终不赞成，今天还说起来呢，真讨厌我没有法子同她说话。会里这几天亦没有去，有人说我们的会许多闲话，同《晨报》上说的是一路的话。歆海昨天说『志摩对女人真好，真诚心』，我希望不是对每个人都是这样，他在外边不知怎样呢，我想今天再写一封信，可是一定没有功夫了，歇一歇梦绿又要来了，因为今天是礼拜六，我昨天才买回布来，你看又该没有机会做了，我真生气，我自己的事情一点亦不能做，一天倒陪娘陪了四点钟，晚上再有人来找，简直一点时候都寻不出来做我的私事的，今天又有一家请客的，我决意不去了。

我这一世亦不希望甚么了，只要我能自立，社会上的人多敬爱我，那我就喜欢了，我的理想爱亦找着了，他爱我，就使不能得到名义的爱，就是精神上的爱不是一样么？我都不爱想，还不知将来怎样呢，亦许我做点惊天动地的事情出来亦说不定的，知道我陆小曼的已经不少了。不如叫人人多知道知道我到底是怎样一个人，咳，有的人骂得我好苦呀！可是想穿了谁没有人骂呀！管他呢，我过我的，下去自有人明白，我昨天穿了蓝布袍子出去买东西，

好些人都笑我，偏又碰见曾语儿，她亦笑我，她正在买许多五颜六色的衣料子，见我买的是白布、青布，她奇怪极了，她说『小曼亦穿这样的衣料，那铺子要没有买卖了』，都〔多〕可笑！我才不管呢！今晚梦绿她们要我去看戏（梅兰芳），我亦〔也〕许不去，受庆回来我就去，不然我还要一人在家做他的衣服呢，要是去我亦穿青布袍子，你说好么？

注：㊀日记据原稿本摘录。

一九二五年三月廿四日㈠

你瞧！一下子又过了三天，受庆在家他亦老不出门，真是急得我坐立不安，亦不知道什〔这〕几天是做了些甚么！

那天礼拜六梦绿他们去看戏我没有去，他回来了我觉㈡安无味得狠〔很〕，又是梅兰芳请的两个箱〔厢〕，女人去有些不便，我从今后在我的行动上得格外小心，闲话真可怕。礼拜那天可听一天戏，巧极了，淑华、妹妹等本说要看程艳秋叫我包箱〔厢〕，我包好了箱〔厢〕她们去没有功夫，我只得同梦绿、慰慈，伯伯㈢，娘等去看，晚上慰慈在新明又有一个箱〔厢〕，我们就又去了，杨小楼的『金钱豹』，真狠〔很〕好。他若在这不定要喜极手舞足蹈呢！自他走后，头一次看小楼的戏，坐在箱〔厢〕里，两面的人还是那几个，可是我心上真少点东西似的，虽然戏好看，可是我心不在焉，我那心遥遥的跑出了我的心房，飞荡到几千里路外——真讨厌妨〔方〕写得好好的，娘忽然打电话叫我去看甚么相面的先生，可巧没有看见，送医院回来就完了法文巧课，梦绿来约去公园看杨琴佛女士的画，没有见，收起来了。倒巧极了，碰着是孙文开吊的日子，人山人海，熟人太多，我真腻烦，叫她回来她又不，我穿了蓝布袍子人人对我看，穿着布衣服还有甚么好看呢？亦真奇怪，回来就唱，唱完适之又来了，他昨日在此谈得有趣今天又来了。谈了许多他的结婚趣使〔事〕，到十点半他们真〔正〕走的时候歆海又来了，真讨厌，又无法叫他去，坐到十二点半，现在才走，叫他走了好几次他老是不走，我真气，唉，他还在的时候我的心里老怕他走，现在歆海呢我老希望他走，我老看钟，他看不明白，我乏极了。愈是这样愈叫我想他的利害，日子为何什〔这〕样慢呢！他走了才两个礼拜，为甚么什〔这〕两个礼拜走的这样的慢下，从前我老恨日子过的快，现在可不是了，我亦奇怪。我去睡觉了，吾爱。我今天乏极了，好在受庆不在家，又去天津了，明日下学回来就可以同你再谈的。我今晚心绪不好，连日如此，厌世的感情愈深。那是我

唯一的快活。他亦无法救我。我(不)愿因爱他而害他，我心里真有说不出的苦，慢慢再说吧，我去做梦去了！哥哥，爱耳。

注：㈠日记据稿本摘录。
㈡此字模糊难辨。
㈢伯伯，即爸爸的谐音。

一九二五年三月廿五日㈠

又是到家里去受了好些气来，气得我当时头晕脑涨，错一点一口气回不过来，糊〔胡〕涂的伯伯他自己一点不懂还来骂我，骂得有理我一定不怨，只是他半知不解的听了那些无知识的人来说我，要是那时候适之，或是他，在旁听见了一定要好笑的，他不许我看爱情小说，他说：『爱情小说里多是讲些眉来眼去吊膀子的法子，所以看得你老觉得不称心，终日愁眉不展的楞着瞎想。还有你同志摩从前在戏院看戏的时候，二人相看着眼光里带无限深情的样子，叫人说闲话，这就叫吊膀子。』我真气极了，我自己的父亲说这种说〔话〕，太看轻我了，连他都不明白。我回到家里细细的一想，我这前途真是黑暗极了，一点希望都没有，我若再提议离婚的事情，途〔除〕非我决定不再嫁，他们一定不许，还要想我是个无耻的女子，一波未平，又起一波，他们又怎能知道里头的实情呢！况且他！他是我们中国将来的大文学家，我岂能害他的名誉？可是我亦不愿老受这样的活罪，思前想后我真不知怎样才是，终〔总〕觉得活着没有意思，一天天的下去，事情亦做不出，每天倒要假笑着去应酬人家，该，我方才躺着的时候，心一阵阵的酸。他，他几时才能回来呢？算来他走了可只有十几天，还须五个半月。烦死啦，我亦不写了，写也写不出甚么来。还给他写信吧。

那几天为歆海说他同她的事情闹得我神魂颠倒，我非常的难受，亦许是为此我厌世的心愈法〔发〕深了，他曾爱她到十分，每同旁人谈到他的事情，人家多：『志摩的爱徽是从没有见过的，将来他经〔也〕许不娶，因为他一定不再爱旁人，就是亦未必再有那样的情，那第二个人才倒梅〔霉〕呢！』他们都说的我心存不住了，我亦知道，我有时候何尚〔尝〕不怎〔这〕样想！我亦明知道他的爱我是两样的。在他心里寂寞，失意的时候，正如打了败仗的兵，无所归宿，正碰着了一个安慰心的，一时关关心亦好，将来她那边若一有希望，他不坐着飞艇去赶才怪呢！到那时间，我，我一个人不亦得过下去么？我不是酸吾爱，我实在是难受，说不出来的，现在正是夜深的时候，四面一点声音亦没有，妨

忽是助我写出我的心血来似的，这样安静的夜是我难得的，可是在这个时候我的心又不爱说话，老爱想，我简直不知道怎样才好，他若是能在我身旁，让我将我的头轻拷〔靠〕着他那阔的肩膀，喂着紧紧的让我叫他，问他给他看我的心，我的真心，咳，他在那里呀！哥哥我的爱！我又来法〔发〕疯了。

注：㈠日记据稿本摘录。

一九二五年三月廿六日㈠

昨天睡到床上蒙上被就哭，我想他，我真想他，我就是叫他亦听不见的，哭了！亦许我这里哭泪的声音能达到他的心房，那时候他的心经会不知不觉的法（发）酸的，我的叫他的名字，他一定会答应的。睡得太晚一早被娘叫起来到亲戚人家出送殡，我真不爱去的，看见那种凄惨的样子我心里就……

注：㈠日记据稿本摘录。

一九二五年三月廿九日㈠

那天正写着慰慈来了，打断了话意，不久受庆又回来了！一直到今天亦没有机会，前天下午给他去了封信，写得乱七八糟，怕他不勉[免]要笑我的，可我亦不怕。

这几日心绪坏极了；一天到晚没有一刻闲的时候，受庆在家时候多，他回来已有两天，这两天我天天受罪！苦极了，我想这样的事情无法可躲的，我身上受个几分钟的苦怕甚么呢！我的生死我又不在心上，还管身么？这几天甚么亦没有做，他亦不出门，我心里又十分的消极起来，只不如从前的想往外跑；昨天张道宏一定生气了，他如要请我北京饭店，我是一定的一去，他必要说我的闲话了。我的心仿忽是散的，乱极了，书亦看不下去，他的脸不住的往来在我眼前！还有六个月呢！怎能过呢！到他回来的时候竟许我甚么亦没有做成，身体倒成了半死不活的，说亦可叹我这一世虽只有二十三岁，可是还没有快活过一天呢？前天受庆说他的小儿子死了，我听了一吓！真的么！我并没有什么难过，我意这样的样子活着亦没有多大的意思，不过他的 x wife㈡ 心里必是痛到十分，我只希望他不心痛就是了，今天起得很晚！实在是起不来，背上的元梁骨痛了半个多月了亦不好，倒是桩讨厌的事情，写字都不便当，身子太坏了，我亦听天由命罢。受又快回来了，我心里一点亦写不出甚么，老有点怕，不写了他一定原谅我的。

注：㈠日记据稿本摘录。

㈡妻子的意思，这里指张幼仪。

一九二五年四月十二日 ㈠

好，这一下有十几天没有亲近你了，吾爱，现在我又可以痛痛快快的来写了。前些日因为接不着你的信，他又在家，我心里又烦，就忘了你的话，每天只是在热闹场中去消磨时候，不是东家打牌就是出外跳舞，有时精神萎顿下来也不管，摇一摇头再往前走，心里恨不得从此消灭自身，眼前又一阵阵的糊涂起来，你的话，你的劝告也又在耳边打转身了。有时娘看得我有些出了神似的就逼着我去看医生，碰着那位克利老先生又说得我的病非常的沉重，心脏同神经都有了十分的病。因此父母为我又是日夜不安，尤其是伯伯每天跟着我像念经似的劝，叫我不能再这样自暴自弃，看了老年人着急的情形，我便只能答应吃药，可笑！药能治我的病么？再多吃一点也是没有用的，心理的病医得好么？一边吃药，一边还是照样的往外跑，结果身体还是敌不过，没有几天就真正病倒在床上了。这一来也就不得不安静下来，药也不能不吃了。还好，在这个时候我得着了你的安慰，你一连就来了四封信，他又出了远门，这两样就医好了我一半的病，这时候我不病也要求病了；因为借了病的名字我好一个人静静的睡在床上看信呀！摩！你的信看得我不知道蒙了被哭了几次，你写得太好了，太感动我了，今天我才知道世界上的男人并不都是像我所想象那样的，世界上还有像你这样纯粹的人呢，你为甚么会这样的不同的呢？

摩！我现在又后悔叫你走了，我为甚么要顾着别人的闲话而叫你去一个在冰天雪地里过那孤单的旅行生活呢？这只能怪我自己太没有勇气，现在我恨不能丢去一切飞到你的身边来陪你。我知道你的苦，摩，眼前再有美景也不会享受的了。咳！我的心简直痛得连话都说不出来了，这样的日子等不到你回来就要完的。这几天接不着你的信已经害得我病倒，所以只盼你来信可以稍得安心，谁知来了信却又更加上几倍的难受。这一忽儿几百支笔也写不出的心头的乱，甚么味儿自己也说不出，只觉得心往上钻，好象要从喉管里跳出来似的，床上再也睡不住了，不管满

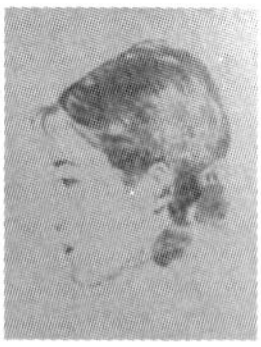

一九二五年四月十二日

身热得多厉害，我也再按止不住了，在这深夜里再不借笔来自己安慰自己，我简直要发疯了。摩，你再不要告诉我你受了寒的话罢：你不病已经够我牵挂的了，你若是再一病那我是死定了。我早知道你是不会自己管自己的，所以临行时我是怎样叮咛你的，叫你千万多穿衣服，不要在车上和衣睡着，你看，走了不久就着冷了。你不知道过西伯利亚时候够多冷，虽然车里有热气，你只要想薄薄的一层玻璃哪能挡得住成年不见化的厚雪和寒气。你为甚么又坐着睡着呢？这不是活活急死我么？受了一点寒还算运气，若是变了大病怎么办？我又不能飞去，所以只能你自己保重啊。

你也不要怨了，一切一切都是命，我现在看得明白极了，强求是无用，还是忍着气，耐着心等命运的安排罢。也许有那么一天等天老爷一看见了我们在人间挣扎的苦况，哀怜的叫声，也许能叫动他的怜恤心给我们相当的安慰，到那时我们才可以吐一口气了！现在一隔就是几千里，谁叫谁都叫不找〔着〕，想也是枉然。一个在海外惆怅，一个在闺中呻吟，你看！这不是命运么？这难道不是老天的安排？这不是他在冥冥中使开他那蒲扇般的大手硬生生的撕开我们么？柔弱的我们，哪能有半点的倔强？不管心里有多少的冤屈，事实是会有力量使得你服服帖帖的违背着自己的心来做的。这次你问心是否愿意离着我们远走的，我知道不是！谁都能知道你是勉强的，不过你看，你不是分明去了么？我为甚么不留你？为甚么会甘心的让你听了人家的话而走呢？为甚么我们两人没有决心来挽回一切？我心里分明口口声声的叫你不要走，可是你还不是照样的走了！你明白不？天意如此，就是你有多大的力量也挽回不转的。所以我一到愁闷得无法自解的时候，就只好拿这个理由来自骗了。

现在我一个人静悄悄的独坐在书桌前，耳边只听见街上一声两声的打更声，院子里静得连风吹树叶的声音都没有，甚么都睡了，为甚么我放着软绵绵的床不去睡，别人都一个个正浓浓的做着不同的梦，我一个人倒背冷清清的呆坐着呢？为谁？怨谁？摩，只怕只有你明白罢！我现在一切怨，恨，哀，痛，都不放在心里，我只是放心不下你，我闭着眼好像看见你一个人和衣耽在车厢里，手里拿了一本书，可是我敢说你是一句也没有看进去，皱着眉闭着眼

的苦想，车声风声大的也分不出你我，窗外是黑得一样也看不出，车里虽有暗暗的一支小灯，可也照不出甚么来，在这样惨谈的情形下，叫你一个人去受，叫我哪能不想着就要发疯？摩！我害了你，事到如今我也明知没有办法的了，只好劝你忍着些罢；你快不要独自惆怅，你快不要让眼前风光飞过，你还是安心多作点诗写点文章罢，想我是免不了的。我也知道，在我们现在所处的地位，彼此想要强制着不想是不可能的，我自己这些日子何尝不是想得你神魂颠倒。虽然每天有意去寻事做，想减去想你的成分，结果反做些遭人取笑的举动使人家更容易看得出的心有别思，只要将我比你，我就知道你现在的情形是怎样了。别的话也不用说了，摩，忍着罢！我们现在是众人的俘虏了，快别乱动，一动就要招人家说笑的，反正我这一面由我尽力来谋自由，一等机会来了我自会跳出来，只要你耐心等着不要有二心。

我今天提笔的时候满心云雾，包围得我连光亮都不见了，现在写到这里，眼前倒像又有了希望，心底里的彩霞比我台前的灯光还亮，满屋子也好像充满了热气使人遍体舒适。摩！快不用惆怅，不必悲伤，我们还不至于无望呢！等着罢！我现在要去寻梦了，我知道梦里也许更能寻着暂时的安慰，在梦里你一定没有去海外，还在我身边低声的叮咛，在颊旁细语温存。是的，人生本来是梦，在这个梦里我既然见不着你，我又为甚么不到那一个梦里去寻你呢？这一个梦里做事都有些碍手阻脚的，说话的人太多了，到了那一个梦里我相信你我一定能自由做我们所要做的事，决没有旁人来毁谤，再没有父母来干涉了！摩，要是我们能在一个梦里寻得着我们的乐土，真能够做我们理想的伴侣，永远的不分离，不也是一样的么？我们何不就永远住在那里呢？咳！不要把这种废话再说下去了，天不能我，已经快亮了，要是有人看见我这样的呆坐着写到天明，不又要被人大惊小怪吗？不写了，说了许多废话有甚么用呢？你还是你，还是远在天边，我还是我，一个人坐在房里，我看还是早早的去睡罢！

注：㈠据出版本摘录。

一九二五年四月十八日㈠

喔！我的日记呀！我们十几天没有谈天了，心里话多得无从说起，受庆在的那些日子我一点机会亦没，又因心里不通快甚么事情都腻烦去做，狠〔很〕不爱用我的『爱』说话，本想等他走后，详详细细的多写点的，那〔哪〕知道他一走，我就病倒了，四肢发软又抖，坐都不起，手连吃饭的筷子都拿不动，心跳天天跳二三次时候又久，我本不想吃药的，我心里那样的悲痛忧恨，我还怕死么。只是这样半死不活的下去实在是受不了，所已〔以〕找德国医院去看，克利说我心脏同神经有病，说的十分利害，我因吃药头几天还好，后来竟坐不起，病得很紧，娘着了急就说再请中医汪蓬春看，他来说是『气固痰』病得奇怪，吃他的药倒见效，吃了四剂，苦死了，现在虽然好些手还是抖，连字都写不好。

那些日子亦是我自己不好，心里一横又忘了他的忠告，心中糊涂起来，摇摇头人〔仍〕想将我自己消灭在娱乐的场中，这样不过二天，自己立刻明白过来，骂了自己一次从此后再亦不那样想了。一半亦是因为我没有接到他的信，我心里往前想想我的将来似乎一点光线亦没有，两天后一连接着他四封，还我的心又灰〔恢〕复过来了。有一天寄妈请客是她一星期前就从〔送〕帖子来的，亦有娘我不得不去。就扶病前去，那天我心里愈法〔发〕的悲观，坐在牌九桌旁手没有拿着牌输了一百大洋，还一直等到三点半，回家倒在床上动亦动不了，你想这不是我自己不好么？是那日起病又重了些，病中睡在床上真闷，有两天连书都不能看，眼睛痛，说话呢，又没有知心人，一天到晚只得闭上眼，朦胧的想着他，从前他给我的一点快乐，像电影似的映在我眼前，这我唯一的快活。病后晚上睡不着至少须至三四点，急得手足出汗，心里来回的想，我的将来是狠〔很〕黑暗的，他又什样的爱我，我还能害他么？我恐怕我们这世只有朋友之爱，没有〇〇㈡之名了，思前屡后我还是自己硬一硬心的好，何必害他呢！况且一旦成了〇〇㈢，恐怕倒没有朋友的时候爱得利害，还要叫人家看不起，我当初的事情，人家大多知道的，可没有明白实情的，他们还竟许骂我喜爱无常的女子呢，那岂不是连累了你么？咳！我心里真是有一种说不出的苦，连他亦未必明白我，手又抖起来了，明天再写。

情感是写不完的，愈写愈难受，手又没有力气，病后就到大觉寺去养息了三天，昨天才回来人到〔倒〕觉得好了些，就是手老抖。

注：㈠日记据稿本摘录。

㈡㈢稿本如此，代表一种隐语。

一九二五年五月七日㊀

说起来真倒霉，一病病了这些天，这病来的真奇怪，现在许多的话无从说起，我亦不说了，还没有好呢，手一点气力亦没有。

注：㊀日记据稿本摘录。

一九二五年五月九日㈠

一天天的养，亦不见多大好，只是不能写字。今天因为穆伯伯有封要紧信来了一个多月不得不回，才写了二张心又跳起来了，真气得我要命。我的亲爱的日记呀，我一个多月没有同你谈天，没有一天不想写，只怕病来得历害，想你不致见怪。今天接着信说受庆又有公事要回来了，真是没有办法。这次我可不怕，我病得这样他亦一定不会亦闹了。况且在病院的时间，医生再四的嘱咐我，要见受庆，我一定叫他去一次，不过我的心又得乱个几天就是了。

近几十天内我心绪之恶劣亦不用说了，事非不知闹了多少，心里又闷，前几日不接他的来信，闷极了，说不出的怨恨无从想起，又加慰慈走，使我生出无限感叹，梦绿、奚若在北京饭店请客，那脱〔拖〕上我真难受，在吃饭的时间心就跳了几十分钟，后来走出去仿忽〔佛〕是吃醉酒的人。适之直怕我跳了，旁人当然不知道我的感想，只知我又犯了病。那些日子本来十分的不高兴，成天的还是同他们一起混，眼泪往内流谁知道呢！又写不动了。

注：㈠日记据稿本摘录。

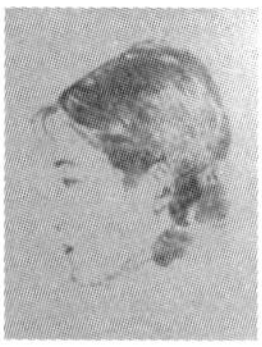

一九二五年五月十四日㈠

一来又是几天，受庆初十回来的，他是因公事来的，须住十几天，自他回来后我愈没有功夫了，连养都不能养，真没有法子。我好久没有好好的同他写信了，前几天因为写不动，近几天因为没有机会，咳！我的话亦不知有多少，从何说起呢？现在心倒总算不常跳了，不过人身体太虚了，不能多做事，每日必须十时睡觉，手虽仍然是无力，字写不像，路走不快，你说奇不奇！

近一个月内事情出的真不少，慰慈最可笑，梦绿仿忽〔佛〕是同我绝交似的，实在我问心无愧，并没有对不起她的地方，我对慰慈亦是因她的关系才来往的稍微亲近些，她倒误会起来，我真生气，亦是我该倒霉，谁都来找我，我那两天病在床上亦是生气，恨慰慈太无聊，怨梦绿真不知情，你亦大盖知道这桩事了，我亦不再多讲，来引起我的怨恨。

在医院并未接到他的信，只是名片，好不耐烦，我这次病中多蒙适之、歆海，他二人真好，咳！真对不起他们，他们亦是真关切，歆海天天不怕一路远，每天从清华回来，适之谢绝一切应酬亦来陪我，我真感谢他们，我心里有说不出的苦，他二人 both very much in love with me，especially㈡。歆海，我真没有办法。我亦爱他们，只是两样的，我恋爱的爱已经给了他了，我那〔哪〕里还有呢！我爱他们像爱我兄弟一般并无他心，适之倒还好，他狠〔很〕明白，他亦不说出来，歆海太难了，我说『我可以爱你像哥哥似的，一世做了好妹妹』，不过我怕他，他狠〔很〕will㈢，你还不快回来，我的爱呀！我真急死了，他们天天来，我倒狠〔很〕喜欢他们是同时来的时间多，不然我真不知道怎样的对他们呢，歆海有时独自来，一坐就几个钟头不等我催他三四次，他是决不走的，有是〔时〕我真恨，咳！想我们当初那〔哪〕有这样的好机会！他亦不敢多留。娘还同歆海说：『你没有事常来陪陪小曼，医生不让她用心， 还是不让她拿书的好。』他自然喜欢极了，爱呀！你知道我不爱歆海的，可是他对我这样好，我怎办呢！咳！我真恨为甚么人人爱我，歆海说他头会〔回〕见面他就爱我的，因为你他没有机会接近我。他的人狠〔很〕可笑的，他对我讲了许多他从前的事情，亦不怕我笑，最是他同菲菲，我倒狠〔很〕奇怪她是这样的呀，我急死了，还不回来，我明天一定给他写封，只是受庆在家不易有机会。

注：㈠日记据稿本摘录。
㈡都由衷地爱我，真的。
㈢热心的意思。

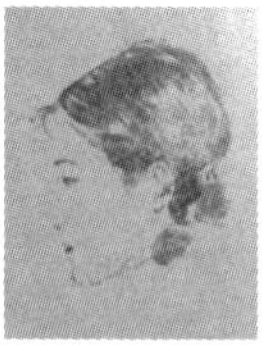

一九二五年五月廿二日[一]

一转眼又过了一个星期，在这星期内我心跳了几次，不利害的，心里不舒服极了，受庆从回来后并未问过我病怎样，一味的像从前一样糊闹，晚上只是不得安眠，这种生活要过一倍〔辈〕子倒真不是客易的事情，哑子吃黄莲〔连〕，没有法子叫旁人知道的，娘又不舒服，我一天只往她家跑，幸喜歆海四天没有来，因他每礼拜有四天在清华，适之常来，我狠〔很〕喜欢他，真像个老先生。

注：[一]日记据稿本摘录。

一九二五年五月廿三日㊀

昨天写着写着妹妹打电话来说她病了，要我去看她并还有事情商量，我只得去了一次。回来又去医院看病，呀，心又跳起来了……

注：㊀日记据稿本摘录。

一九二五年五月廿四日㈠

昨天又跳了一点钟，每分钟一百三十几跳，睡了半天，心里真不高兴，歆海来吃饭，他来的时间真（正）是家中无一人，我真怕！他老问我志摩怎样，到后来我只得告诉他我爱他，我说『歆海我狠（很）感激你对我的情，可是我只能爱你像一个哥哥似的』，他狠（很）不高兴，他要看你的信，我就给他看了几张名片同一封不关事的信。下午到燕大去教跳舞，在淑华处画了几笔谈得狠（很）有味，这几天老同淑华在一起，因为帮她的忙，晚上适之请北京饭店吃饭。歆海说『我写了一封信给志摩说你爱我』，我就接着说『which are not time』㈡，他气极了，他说『我老是同他走一样的路』，我说『上次你比他爱的待遇好，这次你可不如他了』，我说了这些话我希望他能明白，唉！我的爱呀，你为何还不回来呢？前天接到你的电报，我心真碎了，千不该万不该，总是我不该叫先生告诉他我的病叫他着急，他竟许就此跑了回来呢！好哥哥我真想你，歆海同我闹的烦极了，我又不敢凶！一天天心里只是想你，同他们谈天老是谈你我才高兴，他们一定明白，我有时看着歆海怪可怜的，成天的长呻短叹，我想种种法子给他作媒，他只是不愿意！摩呀！my only love㈢你快回来吧！你说的话狠（很）对，那些人坏极了，我真怕，昨天在北京饭店，奚若要同我跳舞，我又怕他太太法（发）酸，真是进退两难，我怕他脸上不好看只能同他跳一个，每次到那里我总是不高兴。我老说你，谈得他们烦了，先生说你简直没有一分钟不说志摩的。回头人家又要说闲话了。咳！你可恨的世界呀，我有时亦真像他似的想！不管人家说甚么，让我们来造一个新的快乐的样子，让人家以后亦来学学，我希望我能疯！疯了就甚么多激彻你了，摩呀你快来吧！我想你极了，你知道么？好几天没有信来了，我的哥哥。

注：㈠日记据稿本摘录。㈡那还不是时候。㈢我唯一的爱。

一九二五年五月廿五日㈠

昨天写完了歆海就来了，他一夜没有睡，打牌九输了五百元，这孩子真不听话，我叫他不要大睹〔赌〕他不听，我亦再不管闲事了。同去新月社吃饭，全体会员，从他走后这是我第二次去，影像大不同了，满园树色青青，草长得狠〔很〕多，一个狠〔很〕好的谈话所在，他若是在此多好阿〔哪〕！吃完饭先生同歆海多〔都〕来我家谈，不多时先生家里来电话，太太在电话中给他闹，只得回去，真没有意味，一个狠〔很〕有情感的人要了一个又酸又笨的太太，难怪他像眼泪往往〔汪汪〕，我真是可怜他！可是我又何尚〔尝〕不是同他一般的生活呢？歆海昨天亦是十分不快活，他在三舅母面前就哭起来了，十分悲伤，我看了亦狠〔很〕过意不起！咳！他亦不明白，我知道他急于娶亲，只是谁也瞧不上，成天的在我家不是长呼更是短叹，若不然就哭，摩呀！我的心大约太硬了，为甚我的眼泪就不为他流出来呢！我常常一个人背地里想着你我的将来，往往流泪不干，这次见他哭我心里只是法〔发〕笑——三舅母骂我，说『人家伤心你还笑』，说起来当然我不好，只是人没有那么多的情来送，我的爱朝给你了，他来的太晚了，摩呀！这几天我稍微的好些，每星期去德国医院三次，上药，我的嘴里又烂的四天不能吃饭了，苦得我真想哭，事情又多！答应了淑华帮忙唱她说的洋文天河配！今天在协和医院礼堂□□（英文）㈡我又得去，我的脚多弯不过来了，那些学生可真笨，I am compelled to accept of the stressed㈢你说多腻烦。

注：㈠日记据稿本摘录。

㈡此处英语模糊难于辨认。

㈢我被迫去接受重任。

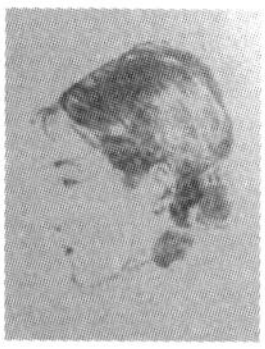

一九二五年五月廿八日㈠

为了那出戏，忙了好几天，现在总算完了，那天在六国饭店唱的。人真不少，可惜做得太难啦！早晨没有机会写，饭后睡着看。

注：㈠日记据稿本摘录。

一九二五年五月廿九日㈠

昨天不知为何看完了那本书，觉得万事多空极了。那书里女人的境遇同我错不多，她的结果可是狠〔很〕惨的，她爱的人为她死去，留下她依着老父过那残年。这几天我本来心里有种流不出来的难受，前天接着他三封信，心里稍微安了些，可是我愈知道他爱我深我心愈碎，咳！天呀！难道我今生不能如我的心愿了么？他叫我不要怕，我那〔哪〕能不怕呢？我上次的事情闹的多糟呀！目的没有达到，闹得满城风雨，现在谁不知道陆小曼。我若是再闹一此〔次〕，他人不知其中实情的人不知要怎样骂我呢！我若被骂我倒不怕，我只怕连了他！他是我国最有希望的一个大文学家，我凡事怎能不三思而行呢。我爱他！我这样的爱他，我得先顾着他的将来，咳，我怎能不天天哭呢！我的心愿同实事合不在一起的，我悔不该起头爱他的，爱原来是桩不幸的事情，有情人几个成眷属的，他们不是多抱恨到底得么？还有多少死在这一个字上的呢！我想若是别的多做不成，总没有管我去死！我怕甚么！这世不能露头不会早些归去从〔重〕投生亦许上帝可怜我们，赏了我们的心愿亦未可知，摩，爱呀！昨天我想得你声泪俱下，我哭了真一个多钟头，我想写——拿起笔来写不成字，我只得独坐回想我们的将来，那黑暗的将来！我知道，知现在是个极妙的机会，可是——我不忍！我不忍伤我父母，他们年老无儿，近来境遇狠〔很〕坏，不知如何过下去呢！我没有法子相劝他们，我那〔哪〕能再在这时间提议他们最反对的事呢！我真不知怎样好，我知他一定狠〔很〕急的，可是爱呀！我们既然是十分相爱，何必急！何必急！我只怕你误会我，我狠〔恨〕不能让你看；我的心，我是个狠〔很〕有志气的女孩子，最狠〔恨〕那些小人们。

注：㈠日记据稿本摘录。

一九二五年六月一日㊀

前天写着写着叫娘来拉了我去客利饭店吃饭，晚上去看电影，烦极了，这几天只是不定心。受庆在的时候我甚么事情亦不能作。心跳好些，有几天不跳了，他今天早车走的，我决意不去南方，他气极了，我同他在一起实在一无快乐，我希望我今世能老是一人过日子，省得人家说闲话，我再也不想糊〔胡〕闹了，被人骂得亦够了，若是再闹真要没有人看得起我。只有我心里又十分爱他，叫我怎办呢！我只〔这〕世的幸福大盖〔概〕是无望的了，咳既有今日何必当初，我悔不该让他爱我的，可是我亦没有法子，像歆海似的，他这两天只是哭，哭得我心里亦怪难受的。他亦不说甚么，成天对我哭，亦不管有谁在旁边，你说我怎么办，他知道我爱你，现在他明白了，昨天他同〔我〕说『he desires your love』㊁，我正在看你的一本杂记，他说 Kiss it —— well —— did kiss it㊂他看了狠〔很〕难过，他说志摩并没有走，『he is far away, yet he is in the room to you, he said it so bitterly, I think it is the trick.I always feel he deceives me. He cried again, Oh! I don't knew what to do. He is good boy』㊃。

他并没有坏意，他知道我爱你，他亦不敢怎样。我狠〔很〕可怜他，我希望他早早的完婚。他去清华了，近来狠〔很〕用功念书，不过他是个小孩子，他的情亦不会长的，现在他一时发迷，过些日子亦就过去了，只是你为何还不回来呢！爱，又由〔有〕几天不接你的书了，过〔路〕又远我狠〔恨〕不能飞去你那里，慰你的寂寞，现在夜深了，你在哪里？竟许睡着了罢？亦许在那〔哪〕里回来了，我叫先生打电报你接到没有？

今天早起娘来谈了半天，她说你，她怕你痴情的遇着我亦是痴情人，她是个极聪明的人，她自得到你的信后她明白你的人，她知道你爱我，她说：『等他回来最好你劝他同他太太和好，或是快娶，不然你们二人到情不自竞〔禁〕的时候，再闹些事情出来那你们二人的名誉多不可收拾了！少会会面，留心点。』她说了半天我心里听着难受，没有

法子只得不响，将来再说。咳！他还说是我不十分的爱他才不肯接（即）刻做，那我可冤死了，我知道我若不做他这说我不像他似的爱，我又拿何法来证我的爱呢！爱呀！我不求甚么，我只求你能明白我，原谅我的苦衷——我总是你的人，你千万不要急！等着，有志者事竟成，我这次必须要三思而后行之，等他回来我面上一定比平常愈法冷淡，爱呀你可不要怪我呵！我近日不常出门，梦绿那里好久没有去，戏亦没有看，电影自你走后只去过一次，在家睡的时候多，我从前是极不爱睡觉的人，现在最好睡觉，精神坏极了，亦许还未复元，今天看了沙翁的 you like it 狠（很）好，只是文字深一点看起来要用心，字还是不写，等他回来我一点成绩亦没有怎好！

注：㊀日记据稿本摘录。

㊁他期盼着你的爱。

㊂吻它——好——就吻它。

㊃他在遥远的地方，但对你来说他就在你房间里。他说得那样酸涩，我想那是噱头。我总感到，他在骗我。他又哭了，啊，我不知道怎样办好。他是个好孩子。

一九二五年六月三日㈠

昨天起来画完一幅画到娘那里吃中饭，饭后同去看马艳云的戏，回家已狠〔很〕晚，歆海又来，谈之十一点多。中午没有睡觉乏极了，歆海那孩在清华简直住不惯了，没有到礼拜四又跑了出来今晨再回去，来回的跑亦不怕烦，我真怕他——他哪〔那〕样的爱我！怎办呢！只是哭——哭得我亦怪伤心的！他说他亦不知为何，他从没有爱过别〔人〕这样的，他说『我怕我，我将要不得了』，我亦是——摩呀！你还不回来！我这几天被他闹〔得〕乱七八糟，性〔心〕神不定，你又没有信来，还不回来——快来吧！吾爱，不然我不知怎样才好！我恨我自己为甚人家会那样容易来爱我——我真有叫人爱之处么？这几天愈法〔发〕的想你——你到底几时回来！千万不要等满半年的期——我眼睛要穿了，这两天做了些事情——我想照你的诗画几张画出来，只是你的诗集老不出来！

注：㈠日记据稿本摘录。

陆小曼未刊日记墨迹

一九二五年六月五日㈠

昨天一天只是着急，前天三舅母请客回来的狠〔很〕晚，昨天乏极了！睡了一早晨，下午三舅母、歆海都来了，我一点事亦不能作。吾爱我知道知你一定着急，因为没有接着我的信，邮局可恶，你怎么只收到我三封信。小病以前我多写了六七封，难道都丢了么？我心里比你还难受。太没有机会写，你不知道我多乱呢！成天说话亦颠倒的，人家都笑我。唉！这种日子不知要过到几时才完！爱呀！我不敢去打电报，怎样好？我怕，电报局没有去过不知在那〔哪〕儿。这几天不敢出门，除非同著人。因为S·T在此，昨晚同三舅、舅母、歆海去看电影，可巧又碰见寄妈同我说了许多话。她说他要来我家，我怕死了。怕得我心又跳了半个多钟头，我想我这一世亦不会清静的了。他曾对别人说：『徐志摩，我怕他作甚，若是小曼同他好叫他看看我的利害。』呀！我真怕！你还不快回来，吓得我那〔哪〕儿多不敢去，亦不敢上街买东西。昨晚若不是他们强我去，我才不去呢！电影倒不错。昨天写了封信给他，写得不短可是话还没有完，等一忽若有功夫再写。只是昨天跳了一会今天人又不好，懒极了。手足又是无力，吾爱若是知道我的病，他一定原谅我不多写之果。

注：㈠日记据稿本摘录。

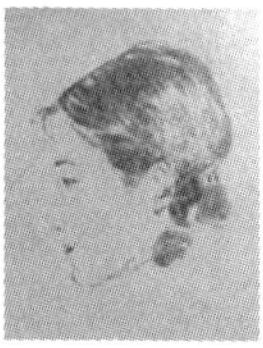

一九二五年六月七日㊀

我知道我要不好，昨今天天跳了三次，时间都不差几日[十]分钟，咳，这病终不能够去根如何好呢?·吾爱我到〔倒〕有点急了。

注：㊀日记据稿本摘录。

一九二五年六月十二日㊀

这几天怀〔坏〕了，连著四五天，每天总跳一两次，人都懒得起来，手又抖起来了，心里没有一时不想著这书的。礼拜三那天，西伯利亚邮车到的日期，眼净净的望着他的信，很失望，只有一封，后来适之来又给了我一封。在人前不敢看，歆海、三舅母等，却在。他们走已十一点多了。睡到床上，慢慢的看他的信，看了几遍心里非常感动。咳！摩呀！我又何倘〔尝〕不望能出洋呢！只是环境如是，我又好比那笼中的鸟有翼难飞。所以到如今我是愈法〔发〕的不去提他了。被你这样一提起，倒叫我心神难定，我怎能同适之二人孤独去欧呢！他虽爱我，他亦不肯同我去的。昨天他来了，又有三舅母、歆海等在此不便讲话，他说明早来谈，我先等同他谈谈，再给你写回信呢。还有我现在一点力气多〔都〕没有，怕不能常写，心里乱极了。每一跳连呼吸都难的，心里想做事都不成，还能远行吗？怕的是到了那里竟许连命都没有了呢？摩呀！我心里好难受，你千万不要悲观，若是我不能去，你要知道我多爱你！我恨不能立刻死去，在天堂上等著你来。这齷齪人间容不了我们。我的病不好，这几天只睡在床上站都站不动，我心里有许多话说不出来，写不动怎好？着急吧，我又要躺下了。

注：㊀日记据稿本摘录。

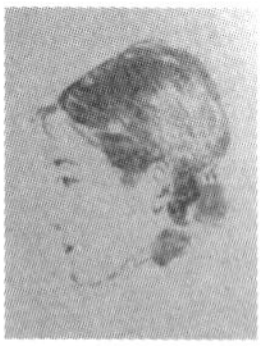

一九二五年六月十三日㊀

今天人觉得还好，只是没有力起〔气〕。先生今朝来谈，他去欧之事还未一定，大约不得去，他真是个好朋友，他说若是我能打破一切关口，他一定带我走，难的是娘一个人，他亦说她近来气像不好，恐不能久持下去。若是她真为我气忿而死，那我这一世还能快活么？不但是叫众人咒骂，我的良心上亦过不去的。我能那样不孝么？我们谈起金钱问题，他说那到〔倒〕不难，他若能出去，钱一定不少，他能相助，只是恐怕此事万难办到。

注：㊀日记据稿本摘录。

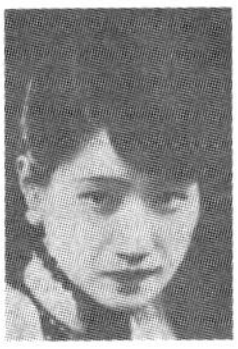

一九二五年六月廿一日㈠

那〔哪〕知道从那天来人打断了话第二天我就又病起来了。那天歆海同六姨做媒请北京饭店吃饭，饭后我因怕舞场中人多，叫他们搬了桌子在黑暗的窗口坐着吹了不少凉风。我拷〔靠〕着窗户往外一瞧，晚色沉沉，对面树林里黑漆漆的吓我一跳。心里在那里想你我不觉多吹了些凉风，回来第二就法〔发〕烧，睡了四天，到现在还是四肢无力呢。病里亦不得闲空，你不知我多烦呢！这几天为着歆海给她们做媒，天天在我家里闹，人多极了，你来我去，我的屋子好像是个 Satrn，㈡近来三舅母她又天天来，我真没有法子，她还说她不喜欢你，我听着狠〔很〕不喜欢她了。病后我的精神愈不如前，简直不能读书写字，稍微用了点心，不是心跳就是头痛，神气大不如前，又因心中愁闷异常，每天无时不恨，虽然每天有人来谈话，只是去不了我心头的悬挂。摩呀，我现在只等你回来。昨天适之寄的信接到没有？我说我不再写信去了，可是今天又想写，又怕寄去你不在。我去欧的事大约不行了，我知道你一定骂我是无能的女孩子，我何倘〔尝〕不愿意去，四面环境叫我不能动，同适之亦谈过多时，他亦表同情。

注：㈠日记据稿本摘录。

㈡沙龙的意思。

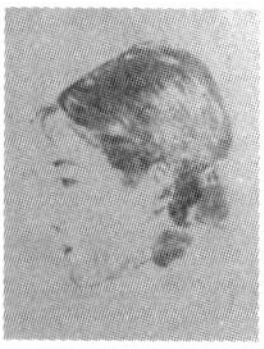

一九二五年六月廿七日㈠

这几日为着歆海同六姨作媒，忙得我一刻闲空亦没有，家里每天一大群人，非到晚深人静时不散。我精神亦不知费了许多，连我写东西的时间都寻不着，前天同着他们去颐和园，同去有三舅母、〔三舅〕父、六姨、钱昌照、歆海，天气阴而无雨，摇着船在湖心飘荡，我问歆海：『他在那里一人独游，风景亦许比此美丽，只怕他一人无味得狠〔很〕。我现在游湖心，念着他不知他现在做甚么呢？』他笑我：『一天到晚只是志摩志摩，不害羞的。』我被他说得慢不好意思的了。可是我那〔哪〕能忘了他呢？晚上回来下车就落起大雨来了。昨天是歆海的生日，大家在三舅母家给他祝寿，倒还热闹，回家已是一点多钟。浴罢即睡，今晨起身甚迟，赴娘家吃饭，前〔现〕在才回来。今天热极了，我心里烦死了，昨天给你写了封信，本不想给你写信的，只等你回来，可是你骂得我太苦了，我怨得不得了，亦不管你走了没有，我先写封再说，你到回来你就明白了，摩呀，等你回来了，他们一定要对你说我怎样的忧你的。

注：㈠日记据稿本摘录。

一九二五年六月廿九日㈠

这两天又忙了，歆海的事情。陈家小姐送〔从〕上海来了，她们打电话给我，又来看我，昨天我亦去了一次。歆海十分的爱皓明，可是我看她并没有意于他，不过我只得极力帮忙，还不知怎样。咳，我近来专为人作嫁衣。

想想毫无意思，你又远在他国，我亦有点生气，摩呀，你要是想我一定不用我说你就会回来的，现在你迟迟不来想你在那边一定狠〔很〕舒服，这几天又不接得你的信心里又气又急，你到底几时回来，老头子是要紧的，小妹妹呢？就该冷落不成么？幸喜近日身体稍好，心又十天不跳了，饭量亦增加，今夏欲至北戴河去避暑。

注：㈠日记据稿本摘录。

一九二五年七月一日㈠

前天写着写着钱昌照来了，谈了他一段哀情的历史，听了心里难受极了。这样看起来天地间那〔哪〕有快活的人？我以为他是无愁的人，那〔哪〕知道他亦这样一段有趣的隐情在里边。他亦像你似的，爱了一个不自由的人以致受了许多痛苦，所以现在给他作媒，他一点亦不热心。摩呀这几天因为不接到你的心，烦极了，难道你真生气了么，昨天一天无精打采的躺着，适之他们都笑我，我求他今天去拿信，居然有一封，可是天呀为甚么他接不着我的信呢！我出玩的四五天上就免〔勉〕强给他写了一封信，后来，一星期该又去了两三封长信难道都没有收到么？

注：㈠日记据稿本摘录。

一九二五年七月二日㈠

昨天写着写着又有客人来了，这几天忙得我要命。都是为了歆海起头给六妹做媒，闹了好久了。我心里只是急着你，我怎能让你这样的想我呢！你说我忘记你了，咳，天地良心，我无时不想着你的。昨天歆海请陈家在北京饭店吃饭，是在屋顶花园上，抬头就看见面［满］天的星光同隐约的月色，我耳边听着一种忧惨的音乐声，我仿忽一身飘飘荡荡的离了屋顶上去，到你身旁，在的所说的那样花园里，看见你亦仰着头，望着月在那里一样的想我。我的心何倘［尝］在那里同他们说笑呢。我近几天又想起我前途的黑暗，一身一线希望都没有了，我虽则是天天盼你的归期，就是你回来了，我亦愈增愁苦。我父母这样的误会我们，我又有甚法子呢！我认我是个无胆量的女子，我真不敢做惊天动地的事情来为我终身的幸福，有的害人家，不如害自己，我怕甚么！死了无人骂，若是气死老母岂不是被众人骂么。

注：㈠日记据稿本摘录。

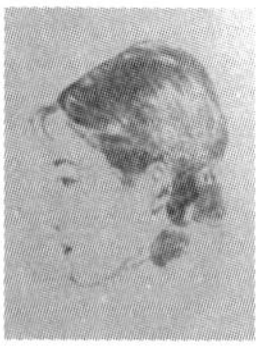

一九二五年七月四日㊀

我老想给他写信，又怕他走了当我的信到的时候。可是昨天适之说他还不见得回来呢，当真么？我想他接到我催他的那些信，他一定就会回来的。摩呀你要想我，你就快回来吧！不要叫我眼睛望穿罢。这几日心绪恶极了，昨日去淑华家谈了一下半天，知道你寄给她你作的文章，你为甚么不寄点给我呢！我的学问虽则是不好，可是我的心最好强的，你可千万不要看不起我，人家看不起我比甚都难过。我知道你是爱我的，我心里狠（很）觉得安慰，只是你对我终没有对她们那一般的情，清夜里想起来使我心酸！我为甚么不好好的用功去比人家呢？可是现在闹得我无心做功，终日里只是法（发）楞，你一天不回来我一天不安心，想起你一人，你客在他乡使我心急欲跳，恨不能立刻飞去你身旁，安慰你的寂寞。摩呀我近来的心，错不过又要变成死灰的了，活着有甚么意思，我渴望着你回来。就是你回来了便怎样呢，到那时间迫于父母之命亦许不能同你常见面，就使见面亦免不了是在众人面前，他们大盖（概）知道我们想（相）爱了，母亲真聪明，我同歆海、适之亦是成天在一起她怎不说甚么呢！可见她真有眼睛，她明白我不爱他们，像我爱你似的。

注：㊀日记据稿本摘录。

一九二五年七月七日㈠

连着这几天热得我天天头痛，躺着老不爱起来，脱〔突〕闻月色如昼，在园里坐到天亮，糊〔胡〕思乱想，那〔哪〕有心绪提笔来写。脑中仿忽做电影似的把前没〔面〕的情影往来的转，摩呀，你一天不回来，我一天不能静心的过日子。前天早晨听说慰慈回来了，我以为你亦许来了，那〔哪〕知道是白欢喜，你看可见你不想我，不然早就飞亦飞了回来，我亦不怨你，回来不回来全在你。你不想我又为甚么想回来呢？气得我连日记都不爱同你写，心里真不好受，事情又多烦死了，若能在山上有一所房子，我一定再亦不想回城了。只要我能同我爱辟居一室，如今我独自一个，那〔哪〕不能住？再过一个月我要搬回去了，近来父亲皮〔脾〕气愈坏，无事长骂人，我有时忍气受着回家掩面一哭，我亦改了一个人了，一天到晚一点火气都没有。

注：㈠日记据稿本摘录。

一九二五年七月十一日㊀

慰慈回来了，我气极了，气得日记我亦不写了，写甚么呢！他在那里同人家女人糊〔胡〕闹，慰慈并没有告诉我，梦绿告诉我的。咳我不该教他跳舞的，我教会了他倒去同旁人作乐，男人是真不可信的，信上说的甜言蜜语，那〔哪〕曾告诉我过一点不好的事情，我灰心极了，这几天心里的难受愈法〔发〕说不出是甚么味儿了，我不管我亦去跳舞了。我这礼拜里北京饭店去了三次了，一去就有人同我跳，我亦穿绸衣了，为甚么我亦不乐乐？他同她跳的起劲的时候，难道有我在脑里么？早知道如此，我该早明白的，所以几次写信催他回来他不听，我明白了，该！我写了许久这本日记想不到到这时侯完，正在我心灰，心死的时候。早知我还不写呢！已〔以〕后一定不写了，他爱回来不回来，他若忘了我本来是不会回来的，我还写甚么！没有话了，就此告终，我的不幸的日记，以后再写亦不叫你见人了，我的命真苦，不写了！

注：㊀日记据稿本摘录。

一九二五年八月九日㊀

他回来吧！我一定好好的kiss（今天写的八月九日）他。

注：㊀日记据稿本摘录。

一九二五年八月九日㊀

你回来了！我心安了，一切事情亦都明白了，我这最后的几张我写的是正在生气的时候，现在事情亦说明了，我写的那无味的话亦可以取消了，哥哥，你明白我吧。㊁

注：㊀日记据稿本摘录。

㊁此段话是写在八月九日日记的眉端。

志摩的批语：

满意！

我看这日记眼里潮润了好几回，『真』是无价的；爱，你把你的心这样不含糊的吐露。

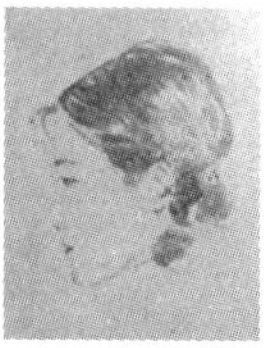

一九二六年二月六日㈠

静！冷！呀！这房里多冷静！不见了天天在此淘气的小孩，不见了他的和美的笑影，只留下那火炉上煮着的水声，和那门外不断的叫买声。可不是——本来这是每天都有的现象，只是少了一个人就觉得平是〔时〕爱听的响物也变成了脑〔恼〕声了。

摩！你真可爱，想不到你在天津还寄〔记〕着给我来电，我也真在想你！现在我安慰极了，今天没有出门，在家打了一天绒线物，心里总觉得不自在。梦绿问我你走时对我说些甚么？我知道你一定告诉了慰慈适之的电报，咳，我真恨你言语无信说不告诉为何又说了出来，叫人家不是笑我么！

为此我很有点气，娘也是一天的不高兴，正是！家中无一高兴人，满腹怨气只有忍。

注：㈠日记据稿本摘录。原稿所标日期均为农历，现一律改为公历。下同。

一九二六年二月八日[一]

早起屋中老有人，饭后去洗浴，回家满身不舒服，睡了一刎儿，睡朦中只见我摩摩的影子，心烦极了。看了半天The mom and the suspense 还有趣，只是头痛。

又得一信，我只望你烟台来信，不想还有糖沽，乐极了。苦了你，哥哥，可是也许又苦中我们能得到最甜的日子。

Lily她们忙着幼仪，妨〔方〕才她们来找我不在家，我实不爱见她，心里不自在，你也不能怪我。今天一天不舒服不知为了何事，屋里冷清清的实在是难受。睡也不好坐也不好，写又头痛，只能躺着想你。

原来没有你是什样的难受——昨天看戏见着朱三，胖能〔得〕了不得，想必她心里很快乐了，已有俩〔两〕个小孩。

摩！到底还是有孩子的好。冷清时解解闷，比甚么都好，我真后悔……

三舅母说就来，来了大盖又是一晚上谈天，在我现在闷的时候谈谈也好。

才俩〔两〕天——日子真长，老〔要〕不呃〔呢〕大家去城南看了新戏，苦得了不得，心里本不好过，看了只得流眼泪，三舅母看完戏又来谈，直到如今三点半了，真太难，我心又跳腹又涨不知为了何故。

注：[一]日记据稿本摘录。

一九二六年二月九日㈠

昨晚睡得太迟，今晨又晚了。

扫房——我无处存，只得出去——同娘去买了些年用须物，还了账！

回家满屋子人，她们是来陪我的，不知我心中烦，又同金他们谈了一勿〔忽〕儿。

日子不知为何长得要命。

看了看你的旧信，有趣，可爱。

我现在要同你写信，时候虽晚可是我觉得非写几句不成。

注：㈠日记据稿本摘录。

一九二六年二月十日㈠

睡了一天，不舒服到极点，晚上三舅母来同去看电影。

注：㈠日记据稿本摘录。

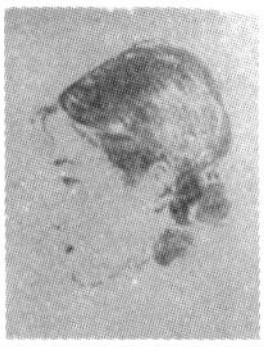

一九二六年二月十一日㈠

摩！我不愿再写这书了，我心里只是想你，别的也写不出来，不是好好的书都叫我了，昨晚看了电里的人的爱样儿叫我很难受，你不知道——真的！哥！我想你——要你！你快回来吧！我心乱的甚么事也做不了！昨天看了一本书头痛得不了。废人：今天要出去看淑华！到梦绿家。从梦绿处回来，一个人冷清清的在路上走，又害怕，真气！为甚么你要去！

在那边打牌，心种〔中〕不安！一阵阵的想哭，哥哥——我想你——别的我也说不出来多少。

注：㈠日记据稿本摘录。

陆小曼未刊日记墨迹

一九二六年二月十二日㈠

除夕——不是人人最喜欢的日子么？我看起来也不过同平日一般，没有意味到极点，现在娘她们都出去了，我要买的东西要也叫祥顺去买了，我得着这功夫来同我的心谈谈。今天我想你一定喜欢知道我是十点钟起来的，同金Lily去走路，走了不少，回来腿也酸了。走进大门即看见哥的信——腿也好了，我最爱的是哥哥你时刻的记念我，不然我这的想你，你一点也不知不是冤么？你现在是已经在硖石了，也许正在谈论我二人的大事，不知怎样——

摩！我想起我以前的不幸我正心伤，自从十八岁那年起我未曾过一个欢喜的年，那年我在家（未嫁之前）卅十晚上正当大家玩牌的时候我一阵心伤，跑进屋里对着红沉沉的烛就哭，那时候我想我将来一定嫁一个不称心不合意的人，使我终身抱恨的。这不是遇潮（预兆）么？你看不是我心里想甚么，就来甚么——幸喜我现在有你——五年不乐的除夕，从今天起可以洗尽了。可是我还是不乐——摩最让我现在安心有了你——可是我们的前途还是暗然，今天是万人喜欢的日，外边不（还）是不断的钟竹声，叫我这种不幸人听了助我的心烦。等不忽儿慰慈他们来，我倒不喜欢有人来，我一个人坐着想，还不离哭，瞧见人我心就跟（更）烦。摩你还是快回来吧，今年又叫我过一个冷清的新年——明年呢！

客散人尽，已有四更天气，四边声砰砰然叫人听着思愁。现在你也许已经睡了，我说了半天还是不乐，输了廿大洋可惜——慰慈夫妇看着叫人心灰——天下男人要真都像他——那叫咱们真是要守身了，嫁谁好？不过天下夫妇大半如彼得！我亦可惜梦绿。

牌完独坐炉伴寻思，五年内所在的事一一都在目前，人生变化真无穷。我现在不想睡，还想写信，不过怕初一不寄。

注：㈠日记据稿本摘录。

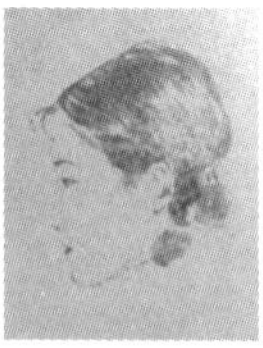

一九二六年二月十三日㈠

恭喜摩！我二十四岁了，不能再算小孩子了，我从今天起也不能再过从前的生活了。

我也想离开北京，只是父母在此也不能就此远行，真难。昨晚在炉前坐着想我一生还不知怎了。我想给你写信，可是初三前不寄初四再写你也该回来了，所以我决定给你写这书不写信了。你今天在那边做点甚么？我起来已有十一点了。家里也不过如此，无甚大意味，钱也都用完了。

下午同娘去起寄母处拜年，回来满身满心的不痛快，睡了多时，没有睡着，烦得直哭，想你，哥哥这都是你的不是了，大年初一就叫我哭，你若是在我身旁我不知道要怎样乐呢。

今年还是不乐，且待来年再一看。可是有一件事使我很乐。三十晚上祥顺对着我的首〔守〕岁烛说：『小姐你看多奇怪今年的腊〔蜡〕它就平了？』我不解，她说：『自从你出嫁四年的腊〔蜡〕都是我点的，前四年——说也奇怪我点了不多时回来再看那俩〔两〕支腊〔蜡〕相错四五寸，其实都是一般的东西，方妈同我说这是一不祥，将来她二人必不能到老，我们都很忧愁也不敢告诉你，过〔果〕不然事情变了，今年——你瞧！这腊〔蜡〕多好，一样齐，同一个地方同一样腊〔蜡〕台——一样的点法，你说奇怪不？』我听了她的话真留心到它——果然是同时灭的。我的哥——想必是我们一定白头到老了，也许说不定同时死呢——你说可贺么？

我现在才看戏回来，同爸爸小端去的，到〔倒〕也好，我下午看了半本 Blind bow bow boy，我已〔以〕后，无论做甚事都写了，那你看了一定喜欢的，我闷极了，看戏也不定心，不如你在家做文章我去看的好，哥哥你几时才能回来呢？我等极〔急〕了。我这两天人大不好，饭也吃不下，人也直瘦下去，只是这四天内，你说奇怪么？人也老是没有精神，也许是想你的原〔缘〕故。先前我还说你走了我也许可以养养生身呢——现在看起来不然了，终日思愁你也是一

样病，我想过两天去德国医生看看再说。身体如此不好也非了事。我的颜色难看极了，腹中也不舒服！怕不要留下甚么病来吧！我倒有点急起来了，中国药我也不大敢吃了。我要睡了哥哥！你睡了没有？你们这俩〔两〕天一定老是在那边听〔提〕我！是不是？

注：㈠日记据稿本摘录。

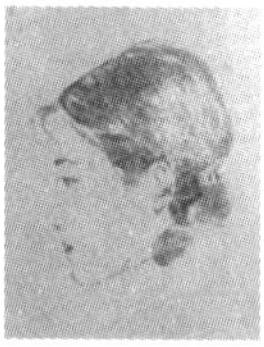

一九二六年二月十四日㈠

今天起得起得太晚，一点多了，精神还是倦，心中只是闷闷，没有同她们孩子打趣，来拜年的客人到〔倒〕不少，无心去应酬她们。娘叫我同了祥顺小孩子她们去看戏，到〔倒〕还好，也是无精打彩的。时刻的挂念你，眼睛直跳，不知为了何事。

她们都说我瘦的不了，我自已也知道，都是你不好，为甚么你使得我这样的爱你呀？小冤家，我心里想哭，新年更助我悲伤。——摩！你知道我又在这里苦苦的想你了。你知道么？我方才无事看了一看你给我的宝贝日记，使我想起上海的日子，摩，我实在不知怨谁好，我回忆起来真是叫人落泪，不明白的人还说我的不是，真冤那本日记是我唯一的宝贝，我不受〔爱〕珠翠我只爱他。我睡了去寻梦去了。

注：㈠日记据稿本摘录。

一九二六年二月十五日㊀

过了半天今天才是初三，真慢，从前我只说日子飞得太快，那知道没有你就变了。翊唐十点钟来的谈到一点多钟，他去后我就睡，睡到六点。还是不舒服，摩我真有点怕起来了。我是觉得不好，你快回来吧。

注：㊀日记据稿本摘录。

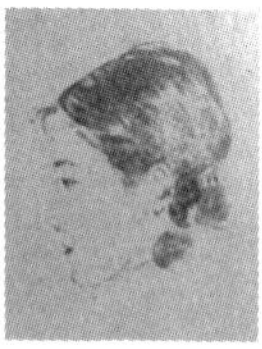

一九二六年二月十七日㊀

两天没有写，心中难受，明天再说。

注：㊀日记据稿本摘录。

陆小曼未刊日记墨迹

一九二六年二月十九日㊀

这两天叔〔说〕是我没有功夫写也不是我不想写，只是我心中同你生气，不敢写，我管不了我的笔由着我心头走，我不爱说话，不爱因我一时的气愤来使你心中受不了，我知道我的皮〔脾〕气，一时也就好，所以我等了两〔天〕，今天我不能不向你谈谈了，我心里自问也有点气的不对，我们也不用再提了。

前天（初五）早起就被 Lily 约去七号吃饭，饭后同去玩清宫，幼仪也在，我不高兴极了，回来就想你，至七号看见了几件东西使我非常的气你，也非常的怨你——伤心极了，摩，你真对不起人，我也不说了，说出来也无非是伤心怨命，可〔何〕苦呢，我这几天大瘦，不成形了，也是你的过。

昨天正在躺着沉思，慰慈夫妇同来，我也无心应酬她们，她们也不怪我的无精打采，人家都明白我心，他们到晚上才走，三舅母也在，我新年吃面少，多输钱也汝之过也。送〔从〕今晨起我想开了一切，也不怨命也不恨天，人活着也无非是就梦一但醒了不甚也是一场空么？好便怎样，怀〔坏〕也是一疲。万是〔事〕也不应看得太真。我爱你那〔哪〕敢怨你，便不敢叫你为我难受。人家肯来嬉你我又何敢，不过只要是你情愿的，那不对面的人给你……你也甘心受的，像我这样的人原来不配做你最关切的人，自己要臭美么——不说了——今天我同三舅母去火神庙，买了不少东西，有许多可爱的东西只是没有钱买。昨晚，接着你上海的信，甚慰。我只是眼跳心弩不知为了何是〔事〕，我想去打一电报给你，又不知硖石用英文怎样写法，你为甚么不打电给我？

幼仪我看比我好，真奇怪你为甚么不爱她？她现学问比我也好得多。只是我二人不容易做朋友的，我是无所谓，她看了我心里总有点了味儿，女人的心里我还不知道么？她们那天成心僻〔避〕我，我难道不知道么？叫我去又要我回来，我岂是她们闹着玩的？我一定再不同她们一起了，再有人说你二人并未真的离嘉森㊁他又不认，我也不明白

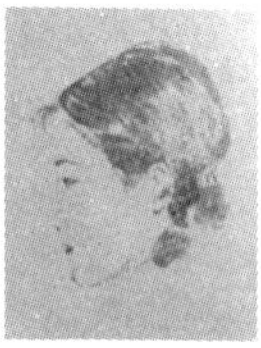

了。

注：㈠日记据稿本摘录。
㈡真的离婚的意思。

一九二六年二月廿日㈠

昨晚同 Lily㈡谈之深夜，我看幼仪那里容易了结的，我心里实是难受，夜间失睡早来不能安睡，身体难好，旧病又复，去看了医生，又有点咳嗽，不知要何故，你也不回来，我只急，气闷死了，睡了一天去看戏，也无味，医生叫我少用脑子，少用心，我这几天只是思想，脑中无片刻安宁的时候，摩！你我从此再不能拍离了。但不知你觉得如何？又是俩（两）天无心，眼望穿了！昨晚想你太多，夜来奇梦不少，情致绵绵，有些难为情。哥哥，我还须等几天才能等你？

我本想安心做点事情，无奈心不在身，坐立不安，怎好？

注：㈠日记据稿本摘录。
㈡莉丽。

一九二六年二月廿二日㈠

昨天一天大风，吹得我心都碎了，睡了一天躺着难受，摩！我现在连写都不爱写了，只愿每天躺着想你。好在我在〔最〕多再等上十天你是一定来的了。我心头只是闷，方才叫老金给我拍了一电。你真狠心，连个电报也不来安慰我，四天不接信了——你想我是怎样的——Oh! Mou, Can't you come back earlier? Days are awful without you.㈡

注：㈠日记据稿本摘录。

㈡啊！摩，难道你不能早点回来吗？没有你的日子真可怕。

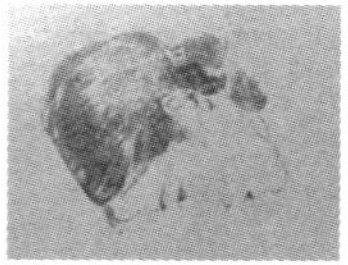

一九二六年二月廿三日㈠

Ta–Ta, I am impatient. I want you.Why do you leave me in such miserable state. I send out a telegraph yesterday, and I wanted for the answer today. But it never come, I am quite ill. I haven't go out reading, I am thinking of you badly. Sadness has left me for a long while already, and now it has come back to me again. I am wondering all the time what are you doing there, you ought to telegraph me. Don't you know I am awfully worried? What has come to you? Oh Mou, you are killing me. Before you left, I thought fifteen days are easy. But I know how it is impossible to pass a day without you, you have captured me, darling me. For four days no letter from you, what is the matter? I am restless, can't eat, and can't play. No use of going to theatre or cinema. I tried hard to think less of you, but my wonderful darling is always in my bead, I couldn't think otherwise. It is fate, we can never fight against fatality. Recently, since you left me, many things has made me fell the emptiness of the world. I am nothing, Mou, you may need me, but except you, the world, everybody will be the same without me. Why don't you writing me. Forgotten already! Impossible. But, why? Your father forbits you to write? Which is not likely. I think no one will ever separate us. We are bound to each other already.

Mou, when will you come to me? Mou–Mou. Ta–Ta. Can you hear me? Oh,I want you.㈡

注：㈠日记据稿本摘录。

㈡嗒……嗒，我无法忍受了，我需要你。为什么你把我离弃在这样悲惨情况下。我昨日发出一封电报，我要今天有回复，但这回复总是没来。我很不安，我整整四天没有出门，我一直呆在房间里，读书。我苦苦地想着你，忧愁离开我很长时间，而现在

它却重新来了。我总是纳闷，你在那里干些什么，你应该给我封电报，难道你不知道我是极度担心着？你怎么啦？啊摩，你在害死我，在你离去前，我想十五天容易度过。但是现在我知道，没有你过一天也不可能。你俘虏了我，宠幸着我。有四天了没有接到你的信，究竟是咋回事，我是坐立不安，不吃，不玩，去戏院和电影院都没用。我努力试着少想你一些，但是我的关爱总是留在我脑海里，我无法想另外的事情。这是命运，我们永远无法违抗命运的。最近自从你离开我后，许多事情使我感到这世界的空虚。我是无足轻重的，摩，你可能需要我，但是除了你，这世界，每一个人没有我都会是一样的。为什么你不给我写信，已经忘啦！不可能，但是，为什么，你父亲禁止你写？这不可能。我想没有人会使我俩分开。我俩早就捆在一起了。

摩，你何时能来到我身边？摩摩，嗒嗒，你能听到我吗？啊，我需你。

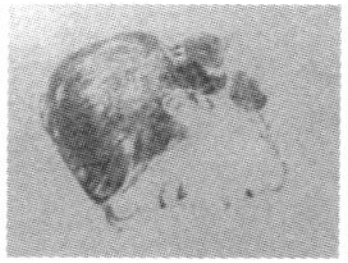

一九二六年二月廿五日㈠

Still no news. Oh! Mou, you are killing me, why are you so heartless. I couldn't make out the reason, I waited and waited, with tears in my eyes. Mou! I think I better die. Why should I suffer so much? I went to 淋平 house yesterday, and heard many bad news. Mou! Even if your father doesn't consent why don't you write me? Why don't you come back? I an sure your father won't keep you imprison. There must be something wrong. hence you ceased to love me? Thank God. I got your telegraph at last. Oh Mou! My Mou.I have been crying all day, long now, I don't need cry any more, but wait patientiy. Oh,Mou, I am happy, Mou, Mou, Mou, Mou. Can you hear me? I am going to tell mother.㈡

注： ㈠日记据稿本摘录。

㈡还是没有消息，啊！摩，你在杀我，为什么你是这么没良心。我无法找出理由。我眼里含着泪水等着，等着，摩！我想我最好是去死。为什么我应该承受那么多的痛苦？昨天我去林平的住所，听到了很多的坏消息。摩！即使你父亲不同意，为什么你不给我写信？为什么你不回来？我可以肯定，你父亲不会把你监禁起来。必定有些事情出了乱子，因而你不再爱我？谢谢上帝我终于收到你的电报。啊，摩！我的摩，我曾整天地哭泣，现在我无需再哭了，只要耐心等待。啊，摩，我高兴。摩，摩，摩，摩，你能听到我吗？我要去告诉母亲。

一九二六年二月廿七日㈠

昨天病着正难受时你的信到。十天没有接到你的信，你想想我该如何的急，怎得不病。前几天本来吃了药倒狠〔很〕见效，几天的急，又头痛的吐，前几天出门倒好，连着出去俩〔两〕天，看了俩〔两〕天戏，又受不住了，你说我是否废人了。可叹。

摩！你叫我说甚么？看了你的信叫我心里无限感。摩，我早知道爹娘是唯的爱子，他们决不太过不去的，他们的话是很对的，我急甚么呢？慢点结婚不是一样么？我们只要天天见面不——也一样，你说是么？

我今天睡了一天，又不大好，看了几篇你的可爱的信，我仿忽见你的影子在里面，多可爱呀，我不知怎样过的，幼仪真可恶！怕化钱要等人家送灵的船走，叫我不得在灯节前见我的摩摩，我恨她了。我只要你，尤其是我这几天又不舒服。

注：㈠日记据稿本摘录。

一九二六年二月廿八日㈠

昨天晚上写了一点人不舒服了。

上床又是睡不着，朦胧中仿忽我也在硖石做新娘，见客，穿着很美的夜服，红裙子，羞答答的跟着婆婆见亲长。摩，想起来都睡不着了，我自己真不觉得我是已经嫁过的人，你说可笑不？

我在被中，乐得我直咬，直笑，床前月光照得雪白，我今年真不高兴，连个月半都不能同你过。想起来不得不狠〔恨〕幼仪，她若早去不是你也早回来了么？晚上接你的信，多亲呀！哥哥，我二人是再也分不开了。

被三舅母叫去看了上元夫人。无味极了，心中只是想你，回来见draw㈡里被人反〔翻〕的乱七八糟，问起来知是娘看的，连我的日记也看的了，真岂有此理，人家房里情书也是父母该看的么？我心中不免有点气，中国人真不讲规矩。

静肃肃的又晚深了。耳边厢仿忽还有锣鼓声，今天已是十六，我还要等么？常言说生离不如死别，我当初只不以为然，我现在才知道这是真的。我这一世爱我的人是不少，可是我真得没有真实爱过一个。受庆先前常出门几月，我非但不想他反儿〔而〕觉的清静可慰，怕的是他在身旁，夫妻尚且如是，我老已〔以〕为不回〔会〕想的。

这相思二字还是我去年你在外国时学得的呢，那时比今又浅一分，后来又有朋友每天糊闻，也就错了些。现在我起坐都是二人，难得有一闲话我也是无心答对，连我自己也不明白，我只望此后再不要叫我遇着这等事情，无论天大事情，你若离我可不成，除非二人同行，你说好么？我想将来便不能让我一人在家，你想呢！冷天便不行！多冷呀！……不行……摩你懂么？小龙冬天最怕冷你快回来我有不少话说呢。

受庆来了一封信，写了一首古人的想思词，语词甚是可怜的，可是他的行为我也看透了，假面具也带不着了。就是他现在跑在我身旁我也只得对他冷笑，我本当回他一信，可怕他得寸进尺。

你的信我宝贝极了。摩将来我们看是若不分离，不是我就老得不到你的信了么？你可以在我边前也写信给我么？将来我能去你老家住么？他们会不会轻视我的？不理我？我那天做梦你忽〔和〕我见住〔着〕爹娘在硖石，他们对我娘家秋〔瞧〕看不起我，我回到房中倒在你怀中就哭，醒来还是一身汗，我真怕。我知道我这个人是吃不了人家的话，或是脸的，要是将来免不了受人几句不是要我的命么？咳！说起来我只恨寄娘，她害了我终身，毁了我名誉。不然我也许到现在还未嫁呢。这几天月经闹得我坐也坐不着，我去睡了。你叫我留下我的梦，可是我往往醒了就忘了。

注：㈠日记据稿本摘录。
㈡抽屉。

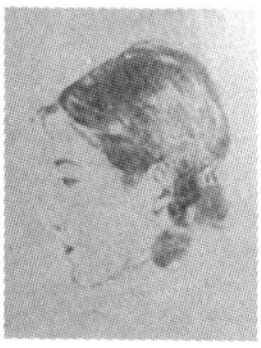

一九二六年三月一日㊀

方才又看了一遍你的日记，愈看愈爱，爱！记着！将来我死后一定要方〔放〕在我棺材里伴我，让我做了鬼也可以常常看看，比金刚经也许可贵得多。

那时间，我是该骂，不是我不爱，实在因为我环境迫得我自已都不知道怎样过日子，那晚叫你等我一夜我心中真难受，至今想起还得泪下。我以后死也不能再使你有一天像那会似的难受，我一定顺着你的心，使你为天下最快乐的人，好不好？

现在冷静极了！摩！爹娘都出去了，屋里满流香淫淫的醉人，不然你若在我身旁我们又可以底底〔低低〕的说小语了，想起那味儿都叫人神往。你那边事情不知如何了，使我不定，心乱的事情也做不下去。我又想打电报问问你，你在上海我又不敢，算来今天幼仪到申，你也许后天可以动身，那再有五天也就见着你了，咳！还是忍耐着等着吧，凡是〔事〕都由命不由人，我乾〔干〕急也是无用。

梦绿说一忽来，我许久没有见她了，这几天，天天被三舅母闹得我也无暇做事，她到还好，始终是帮我的，你要是还不回来，我真要疯了，夜长梦多，我真怕呀！摩！哥哥，我们现在的地位是不客易来的，若要再有甚么风波来，那我是一定活不成的了。我看若是你又不能前来求婚恐怕我伯伯娘也有些难允你，那我也今后没有脸面见人了。除非我们远走他国。该！不能想的，想起来是睡都不能的。你这次回来我不知道怎样的见你呢！久别重逢总有点羞答答的，摩你当人可千万别亲我，我真还不知怎样的吻你呢！你胖了呢还是瘦了？也许你进来的时候，我房里要是正有人，那多糟，一句话也不能说了。我知道！我见了你一定没有话说的，只会傻笑，那是我的皮〔脾〕气，话多便无话，乐极无话讲，摩！你呢？我真闷。

注：㊀日记据稿本摘录。

一九二六年三月二日(一)

适才、翊唐来看我，他要去上海了，他直取笑我们，他说我们好得连苍蝇也进不去逢〔缝〕儿，将来我们结了婚他还想来早晨〔掀〕我们的被服呢。你说到了那时要是真的他这样的闹起，那多羞呀！摩摩，你想想！都难为情呀！

你说你不望我做文写东西，只望我多在日记上记下我的感想，老实说，自从你走后我的感觉就是你——坐，吃，睡，多是你的影子在〔占〕满了我的心，那〔哪〕有心再去想别的呢！昨天晚上我实在的想你利〔厉〕害，今晨又是天亮时被中冷气被我冻醒，看着窗上白沉沉的，院中静肃肃的真叫别离人泪下，摩！我这几天倒不喜〔需〕要小端同睡了，因为我每到苦苦的想你时我直要高声的叫你，又怕她听见，只得底底〔低低〕的叫你，那多苦。你几时回来呀！

昨天梦绿、慰慈来坐了片刻，他夫妻又是大打一次，结果他出城去住了一晚！咳！看起来夫妻真叫人灰心，为甚么过几年俩〔两〕边的性情都会改的呢！我希望我们二人要始终如一，须要叫人人尊敬。算起来也许你明后天可以动身了。那见面也就不远了。娘老说你还回不来呢，幼仪的事非是一俩〔两〕天可以定的，她老急〔激〕我，抢了你给我的日记去看了，其中也有你写的，真□□□〔字迹难辨〕了不知她看得出来不。我又急又恨，回来有千言万语对你说呢！

注：(一)日记据稿本摘录。

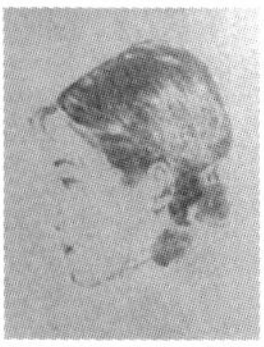

一九二六年三月三日㈠

今天接着你俩〔两〕封信，喜极了。可是我还须等一个星期才能见你，叫我如何？

实望你今天有电来告我归期，那〔哪〕知道现在正是十二点了也未见一字。明天不知怎样，倘若京津车真的不通了，那不是要你我的命么？摩！你同幼仪不是算了结了么？为甚么还有许多事情呢！你来信也未说爹爹来不来，肯不肯出面求婚，叫我闷得快死了。吃药！有甚么用！心里成天成夜的难受！我今天去梦绿家，慰慈前天输了一千大洋，气得他在家睡了俩〔两〕正天。赌——真是害人，摩摩，我希望我们将来一定不赌，我同你的生活必须要同人俩〔两〕样的，那些俗事我们决不要加入，知亲打几圈牌是勉不了的，牌九可千万不要来。

哥哥，我真想同你去深山住，我到〔倒〕想在西湖边住些日子，我们将来去那边过蜜月好不？想起来真甜，可是我听人言，夫妻太好不会白头的，你信么？不然你就有时候假装不爱我，好不好。

注：㈠日记据稿本摘录。

陆小曼未刊日记墨迹

一九二六年三月四日[一]

尚在梦中时公顺高叫祥顺，我即惊醒，即知摩必有以给着，擦眼相待，果吾哥哥归电来矣。

再有六日看看又能亲哥哥的了。

思之神往，快乐实难得，还不知上海事情办得如何，闷闷。

昨晚梦绿请看电影。

真写得高兴梦绿来了，三太太也来同Lily[二]念书，又去看了小翠花的貂婵，无味极了，心里苦思吾郎！奈何，每在热闹场中我跟〔更〕想得你利害，摩，我在戏中有一时只想哭，没有你真难受，我想起来真怕。我现在虽是想你，可是已经知道你回来的消息，相见有期还是如此。要是我们从前不得自由，一世分离，那不是连想都不由泪下么？将来看我不幸早忙〔亡〕不知摩摩你如何自遣！咳！爱之太深也是苦，你我不知有福消受上苍给我们的宏福不？我今晚心中非常无聊，虽平日爱看看戏也不能喜我，心里直乱，方才同她们听弥弥事，不觉又气了一着，我想我这世所招之不白之冤不知何日才能洗尽。将来我决不再愿招人注目了，我这几日出去，梳了老太太似的头，直望无人注意，那〔哪〕知人家还是回顾我，使我难堪！摩摩！你带我去吧！我决不愿意将容貌无故被人享受，是我摩摩一个人的，我也不愿意人家说我美，只要相公——你——称心，我心满意足矣。Mou, I am cold. My mouth feel so dry. I want some moisture. I want a warm clasp, I want to lagging on you bosom and give a hot kiss. Oh! Mou, my Mou, I am so thirsty. I am longing for you. Yes, I have to wait to Monday. I am impatient already. Your letter and photos are under my pillow. I kiss them many times when I have a chance. And last night I hold you photo hard against my bosom and slept with it. I kissed it I don't. Know how many times. The mark are still there. What am I going to do? Many time when I

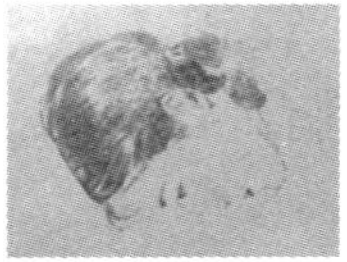

come back, I always find the room empty, no Mou is imaged. Called in vain. Do you know how I am thinking of you? I have so manythings to say I wish they will leave us alone when you come back. But I am surs mother is going to grand. No.she is so clever. I wish we could be married tomorrow. I am ill now. I know, but if I keep on thinking so hard about you.I am sure it will hurt my health instead. I tried to call you in every sweet name last night, and recalling all the happy times we had before until I got so……㈢

注：㈠日记据稿本摘录。

㈡莉丽。

㈢摩，我冷。我嘴是那么干燥。我要一些湿润。我要温暖拥抱。我要偎依在你胸怀里同时热吻。啊！摩，我的摩，我是那样渴望，渴望着你。是的，我必须等到星期一。我已经忍受不了啦。你的信和照片都放在我枕头下面。一有机会我就吻它们许多回。昨夜我把你的照片紧抱在胸前睡着，我吻着连我也不知道多少次。如今斑迹还在上面。我要做些什么呢？每次我回家总是感到房里空空洞洞的，没有我想象中的摩。呼唤也没有用。你知道吗我是如何地想你？我有多少事想说。我希望在你回来的时候，他们能让我俩单独在一起。但是我可以肯定，母亲会到外祖父家去，啊，她是很聪明的。我希望明天我们就结婚。我明白我是有病，如果我这样持续热切地思念着你，我可以肯定那只能是伤害我的健康。昨夜，我用各式甜美的名字呼唤你，回忆过去经历的幸福时光，直到我梦想成真……

一九二六年三月七日㊀

两天没有亲你了，哥哥！因为我自从得到你的来电后，心里的怨闷，全都消了，连着出去了俩〔两〕天，前天白天同娘看戏，晚上同L去洗沐，回来偏身无力躺下就睡。昨天六姨生日，晚上又同L去看外国戏，回来又谈天。今天我才送〔从〕梦绿家回来。昨天看戏时心中非常难，我同金讲，我想摩，我在此听好戏，他正在船上闷着，我难过得很，他还笑我们呢，说实话，我每在热闹场中没有你在身旁，我总觉难过。沈先生来了，信也见着了。摩！天下的美女子还得使你倾倒么？

一个美貌的女子就能使你神往，那你看是一俩〔两〕年不见我，只要有别的美人在旁你就能忘了我么？本来响，人之爱好是天然的，我那〔哪〕能使你见了别的好看的人不动心呢？况且你眉眉也不是个天仙美女，那〔哪〕有权力来管人家呢！你畅开儿的看吧！我是不配管的。

摩！以后我一定再也不离你一天了。

你也是同旁的男子一般的拷〔靠〕不住。古人说水性杨花是女人，我看男子便流水无情呢！

写！我再也不敢写！

这纸上的影子使得我——

眼中阵阵的发○

阿！这不是你碧波的眼——

叫我一笔涂上一点黑，（这句她自己已圈去不用）

笑淫淫的对着我疑问

一九二六年三月七日

阿！这一辈子叫我涂淹了
你那满盈盈的热情，
如今再也不见你对我笑的影子
写——我还敢再写么？
呀！这不是你红盈盈的香口，
半开半闭的向我张着，
在这雪亮的纸上——
再也满不了你那急切的等——等，
等那热烈浓甜香吻的情景——
一笔，这一笔又叫我
涂墨了我正想亲上去香吻，
写！我还敢再写是么，
但如今我再也不
那纸上印出的香唇
碧波淫淫含情的热祝了
那也不用等了——
我的希望也不久可以得到了——
写——跟用不着再写了。

你瞧我写的诗多好呀！且比大诗人徐志摩的诗好得多呢！不信你登出来叫人家看，一定人家嘴都会搬家呢！

你有那能敢么？你瞧我再来写一首呀！我也用不着想，用不着先做，一写就是。

听！那不是他的脚声么？
可笑——他还轻轻的怕我道知呢！
或着他一定想吓我！
也许他偏叫惊奇！
可是我再也不怕——
再也不用惊——我也来骗他一次。
哈哈！门外头跳进了一只鹤！
东张西望像似只饿鸡！
满心想来觅他的小乖乖！
来吭他饿了一个月的嘴！
乖乖！快出来——不然我要钻进来了！
在被服的中间躲着他的小龙，
心里砰砰的跳得连身体都
她听见那只饿鸡的话了——
她也未曾不饿——只是不说！
她正在急得没有处躲！

旁边钻进了一只有〔又〕大有〔又〕美的手！

她再也动不了——她再也叫不出——

她已经快被他吃完了——

肉——血——灵魂——都变了他的了！

千万只眼也再分不青〔清〕龙同鹤是两样

你瞧多美——我，再也想不到你的眉眉是个大诗人，哥哥！你的嘴搬不搬家，要想搬家一定得请我做诗！闹了半天纸也没有了？我真不写了，明天也许见着我的鹤了。这本日记算是完了，我希望以后我再也不用写这同样的日记了。

眉

注：㈠日记据稿本摘录。

图书在版编目(CIP)数据

陆小曼未刊日记墨迹 / 虞坤林编.– 太原:三晋出版社,2009.12

ISBN 978-7-5457-0098-5

Ⅰ.陆… Ⅱ.虞… Ⅲ.①日记 – 作品集 – 中国 – 现代 ②法书 – 作品集 – 中国 – 现代 Ⅳ.I266.5 J292.28

中国版本图书馆 CIP 数据核字(2009)第 114389 号

陆小曼未刊日记墨迹

编　　者:虞坤林
责任编辑:田潇鸿
装帧设计:方域文化

出 版 者:山西出版集团·三晋出版社
社　　址:太原市建设南路 21 号
邮　　编:030012
电　　话:0351-4922268 (发行中心)
0351-4956036 (综合办)
0351-4922203 (印刷部)
E – mail:sj@sxpmg.com
网　　址:http://sjs.sxpmg.com

经 销 者:新华书店
承 印 者:山西三和印刷有限责任公司

开　　本:787mm × 1092mm　1/16
印　　张:17.25
字　　数:245 千字
印　　数:1–2000 册
版　　次:2009 年 12 月　第 1 版
印　　次:2009 年 12 月　第 1 次印刷
书　　号:ISBN 978-7-5457-0098-5
定　　价:60.00 元